De Foucault H

Eerste druk juni 1996
Tweede druk oktober 1996

ISBN 90 6801 483 8
Copyright © 1996 by Patricia Duncker
Oorspronkelijke titel: *Hallucinating Foucault*
Oorspronkelijke uitgever: Serpent's Tail
Voor de Nederlandse vertaling:
Copyright © 1996 by Auke Leistra/Uitgeverij de Prom,
Postbus 1, 3740 AA Baarn
Vertaling: Auke Leistra
Illustratie omslag: Anna Wanda van Suchtelen
Verspreiding voor België: Uitgeverij Westland nv, Schoten

Patricia Duncker

De Foucault Hallucinatie
Roman

Vertaald door
Auke Leistra

de
Prom

Voor S.J.D.
Mijn lezer

DANKBETUIGING

Dit boek is een produkt van de verbeelding en derhalve rechtstreeks gebaseerd op het leven van een heleboel echte mensen die ik heb mogen ontmoeten. Ik zou graag dank zeggen aan staf en patiënten van het Sainte-Marie in Clermont-Ferrand, de echte Pascal Vaury voor zijn tijd en expertise, en aan iedereen in Villa Saint-Benoît, Berre-Les Alpes, inclusief Baloo, de waker bij de poort. Ik zou nooit een woord geschreven kunnen hebben zonder de constante steun, praktische zorg en grenzeloze ruimhartigheid van Nicole Thouvenot, Jacqueline Martel en S.J.D. aan wie dit boek is opgedragen, als altijd, met al mijn liefde.

Patricia Duncker
Frankrijk, 1995

CAMBRIDGE

D E DROOM ONTVOUWT ZICH ALS VOLGT. IK KIJK UIT OP een massa hete, grijze rotsen, waar enorme wiggen van beton uitsteken in de vorm van doodskisten. Als ik naar links kijk, zie ik de glinsterende, golvende zee, met licht op elke schuimkop. De zee is leeg. Het is hoogzomer, maar er is verder niemand. Er zijn geen boten, geen wind-surfers, geen deltavliegers, geen zwemmers, geen gezin-nen, geen honden. De gekleurde vaantjes van het kleine strandcafé zijn allemaal gehesen, vol in de wind. Water stuift over de tonnen waar de planken vloer van het café op rust, planken bleek als drijfhout, glad onder mijn voe-ten. Maar er is verder niemand. De tafeltjes zijn verlaten. De bar is leeg. De glazen zijn allemaal opgeborgen. Er is verder niemand. Ik voel de zon op mijn rug. Mijn ogen knijpen zich tot spleetjes tegen het felle licht.

En dan zie ik dat ik niet alleen ben. Ze zijn met zijn tweeën, een man en een jongen. Ze zitten op hun hurken bij de poeltjes in de rotsen vlak aan zee. Daar waar de gol-ven rijzen met het tij blijven poeltjes achter vol nietige doorzichtige krabbetjes, groen venushaar, schelpdieren, oude blikjes, vers zand. Ze verroeren zich niet. Ze turen verschrikkelijk geconcentreerd in een poel. De hand van de jongen hangt nog in het warme, ondiepe water. Hij probeert iets te vangen. De man houdt een sigaret bewe-gingloos in zijn hand, de askegel blijft hangen. Hij con-centreert zich geweldig, hij wil per se dat het de jongen lukt. Ze zien mij niet. Ik verroer geen vin. Ik voel de zon op mijn rug. Ik ruik de zee, het tweetal baadt in laaiend wit licht.

Dan – en dat is de enige beweging die ik in mijn droom te zien krijg – heeft het kind gevonden wat het zocht, hij trekt het uit het water. Ik zie niet wat hij gevonden heeft.

Ik zie niets, alleen zijn hand die wordt opgehaald, de val van zijn krullen wanneer hij zich naar de man omdraait, glimlachend, triomfantelijk. En ik zie in de warme blik van de man de saamhorigheid van geliefden, de vriendschap van vele jaren, de onderneming van een leven dat gedeeld is, van werk dat ze samen gedaan hebben, ontmoetingen in restaurants, openbare gelegenheden, een intimiteit die samen bereikt is, de belofte van duizend dingen die wij elkaar kunnen geven wanneer er liefde, eerlijkheid en vertrouwen tussen ons bestaat. Ik weet niet wiens geheugen ik ben binnengegaan. Dit staat in geen der boeken beschreven.

Ik begin te gillen. Ik sidder, hysterisch, uitzinnig. In de droom zoek ik aansluiting bij hen, om dat moment terug te zetten in de tijd, om de teloorgang die elke verandering met zich meebrengt tegen te gaan, om hen voor altijd te verankeren in die dankbaar aanvaarde vreugde van kameraadschap en genegenheid, over de afgrond in hun leven en het mijne heen. De vluchtige blik die zij wisselen flonkert, voorgoed verstild op de hete, kleddernatte rotsen. Ik ben wakker, ik zweet, ik huil, ik word verteerd door de verschrikking van wat ik niet kan voorkomen.

Soms verlies ik mijn greep op wat er gebeurd is in de zomer van 1993. Ik heb alleen die boze, steeds terugkerende dromen.

Ik heb mijn eerste graad gehaald aan de universiteit van Cambridge. Ik had Frans en Duits gestudeerd. In mijn laatste jaar specialiseerde ik mij in modern Frans, linguïstiek en literatuur. Verder heb ik een examen eigentijdse Franse geschiedenis afgelegd. Ik vermeld dit, omdat het verklaart waarom ik zo bij de hele zaak betrokken raakte. Het fascineerde me al, het was mijn intellectuele passie, zo je wilt. Het verklaart nog niet waarom het voor mij allemaal zo persoonlijk werd. Of misschien toch wel. Want toen ik besloot door te studeren en te promoveren, ging ik een heuse verplichting aan, niet alleen aan mijn eigen werk, maar aan het zijne, begrijp je? Een dissertatie schrijven is een eenzame obsessieve bezigheid. Je leeft in je hoofd, en nergens anders. Universiteitsbibliotheken zijn net gekkenhuizen, vol mensen die schimmen najagen, ingevingen, obsessies. De persoon met wie je het grootste deel van je tijd doorbrengt, is de persoon over wie je schrijft. Sommige mensen schrijven over scholen, groepen kunstenaars, historische trends of politieke tendenzen. Ik had ook wel jaargenoten die dat deden, maar gewoonlijk komt er één centrale figuur naar voren. In mijn geval was dat Paul Michel.

Iedereen heeft weleens van Paul Michel gehoord, als je een beetje aandringt. Hij heeft tussen 1968 en 1983 vijf romans en één verhalenbundel geschreven. Zijn eerste roman, *La Fuite*, in 1970 in Engelse vertaling onder de titel *Escape* uitgebracht, was in mijn studietijd bij moderne Franse letterkunde een standaardwerk. Hij won in 1976 de Prix Goncourt met *La Maison d'Eté*, waarvan alle critici zeggen dat het zijn meest perfecte boek is. Daar ben ik het niet mee oneens. Technisch is het dat ook; en het is een boek dat klassieke thema's behandelt, de familie, nalatenschap, de last van het verleden. Het leest als een boek geschreven door een man van zeventig die zijn leven heeft gesleten in vrede en meditatie. Maar zo was Paul Michel niet. Hij was de jonge wilde van zijn generatie. Altijd in het nieuws. In 1968 was hij op de Sorbonne en gooide molotovcocktails naar de oproerpolitie. In 1970 werd hij gearresteerd op verdenking van terroristische activiteiten. En er was sprake van interventie vanuit het Elysée om hem weer vrij te krijgen. Sommigen zeggen dat hij misschien wel lid is geweest van Action Directe. Maar dat geloof ik niet. Hoewel de politieke verklaringen die hij in het openbaar aflegde daar extreem genoeg voor waren. Op de een of andere manier werd hij nooit geïnterviewd in studio's of appartementen zoals dat bij schrijvers gebruikelijk is, met hun planken vol boeken en Afrikaanse beeldjes op de achtergrond. Ik kan me geen enkele foto van hem voor de geest halen die binnenskamers gemaakt is. Hij bevindt zich altijd buiten, in cafés, op straat, tegen auto's geleund, achter op een motor, starend naar een landschap van witte rotsen, kreupelhout en parasoldennen. Hij was meer dan knap. Hij was een schoonheid. En hij was homoseksueel.

Hij was onomwonden homoseksueel, denk ik. Toen ik alle interviews doornam die hij ooit gegeven had, viel me op dat hij op zijn seksualiteit hamerde met een agressie die karakteristiek was voor die tijd. Maar geen andere naam werd ooit met de zijne geassocieerd. Hij had nooit een levensgezel zoals sommige homoseksuele schrijvers die hebben. Hij was altijd alleen. Hij leek geen familie te hebben, geen verleden, geen connecties. Het was alsof hij zijn eigen auteur was, een man zonder verwanten. Sommige critici wezen erop, uit de hoogte vond ik altijd, dat homoseksualiteit slechts één thema was van de vele in zijn werk en dat hij niet alleen maar als homoseksueel schrijver beschouwd kon worden. Maar volgens mij stond het centraal. En zo denk ik er nog over. Zijn standpunten inzake familie, samenleving, heteroseksuele liefde, oorlog, politiek, verlangen, waren altijd die van een buitenstaander, een man die niets heeft geïnvesteerd en die derhalve hoegenaamd niets heeft te verliezen.

En ik had één andere aanwijzing waar ik mijn beeld van Paul Michel omheen kon bouwen. In een laat interview met een Amerikaans tijdschrift, de *New York Times Review of Books*, geloof ik, naar aanleiding van het verschijnen van de Engelse vertaling van *Midi*, werd hem gevraagd welke schrijver hem het meest had beïnvloed. Hij gaf antwoord zonder aarzelen: Foucault. Maar hij wilde daar verder niet op ingaan.

Natuurlijk, Paul Michel was romancier en Foucault was filosoof, maar ze hadden griezelige overeenkomsten. Beiden waren gepreoccupeerd door marginale, gedempte stemmen. Beiden waren gebiologeerd door het groteske, het bizarre, het demonische. Paul Michel had zijn concept van zonde rechtstreeks aan Foucault ontleend. Stilistisch waren zij echter tegenpolen. De reusachtige, compacte, barokke geschriften van Foucault, wemelend van de details, waren net schilderijen van Jeroen Bosch. In diens schilderingen waren beelden, conventionele onderwerpen en vormen aanwezig, maar de compositie kwam tot leven door vreemde, surreële, storende effecten: ogen werden radijsjes, wortels, aardse verrukkingen werden fantasieën van foltering met eierschalen, pijlen en touwen. Paul Michel schreef met de helderheid en eenvoud van een schrijver die een wereld bewoonde van precieze gewichten en absolute kleuren, een wereld waar elk voorwerp het verdiende te worden geteld, begeerd en bemind. Hij zag de wereld in haar geheel, maar vanuit zijn eigen hoek. Hij wees niets af. Hij werd ervan beschuldigd atheïst te zijn, verdorven, een man zonder waarden. Zijn scherpzinniger – en vijandiger – critici zagen hem als een schrijver die elke gebeurtenis aanvaardde met de stoïcijnse onverschilligheid van de berusting in het lot, een schrijver wiens politiek engagement niets meer was dan een existentieel gebaar, een man zonder geweten of geloof.

Het was zeker waar dat er een kloof leek te gapen tussen zijn politieke leven en zijn schrijversleven. Hij was persoonlijk betrokken bij radicaal links, maar sloot in zijn werk aan bij klassieke tradities, met wat omschreven zou kunnen worden als een olympisch elitarisme. De elegantie van zijn proza droeg het stempel van de willekeur van de onverschilligheid. Als mens stond hij midden in zijn tijd, als schrijver leek hij eerder een aristocraat die al eeuwen grond heeft bezeten, en die weet dat zijn pachtboeren loyaal zijn en dat niets ooit zal veranderen. Het was een mysterieuze tegenstrijdigheid. Dat gold niet voor Foucault; als ik een van hen had moeten kiezen als kameraad op de barricades zou ik Foucault hebben gekozen. Hij was de idealist. Paul Michel was de cynicus.

Maar in de Engelse traditie hebben schrijven en politiek hoe dan ook heel weinig met elkaar te maken. Althans sinds het verscheiden van Winstanley en John Milton. Ik had geen zin om weg te zakken in een benauwd liberalisme. Ik had in mijn laatste jaar op school alles van E.M. Forster gelezen. Die had een vreselijke uitwerking op mij. Ik denk dat ik daarom zo betrokken raakte bij de Fransen.

Toen ik net met mijn onderzoek naar Paul Michel was begonnen kreeg ik iets met een germaniste. Ze kwam heel sterk over, en was iets ouder dan ik. De eerste keer dat ik haar zag, was in de universiteitsbibliotheek, waar ze de Zaal Zeldzame Boeken binnenging. Ze had een massa bruine krullen en droeg een brilletje met dun montuur en ronde glazen. Ze was knokig en snel in haar bewegingen, mager als een jongen, merkwaardig gedateerd in haar gedrag, als een heldin uit het midden van de vorige eeuw. In mijn ogen was ze fascinerend. Dus verhuisde ik met mijn hele hebben en houden naar de Zaal Zeldzame Boeken.

Ze rookte. Zo heb ik haar ook leren kennen. Er zaten in de UB maar heel weinig mensen die rookten, en er was een soort luchtplaats naast de kantine waar wij rokers onze rondjes mochten lopen en ons gif consumeren. Ik wachtte een keer tot ze haar thee op had en naar de binnenplaats liep. Ik volgde op veilige afstand. Toen haar sigaret goed en wel brandde en ze doelbewust naar de magnolia liep haalde ik haar in en vroeg om een vuurtje. Ik weet dat dat een versiertruc is die de neanderthalers al gebruikt moeten hebben, maar vrouwen die dissertaties schrijven hebben meestal niet door dat je ze probeert te versieren. Vraag hun iets over hun werk te vertellen en negen van de tien keer doen ze dat ook. Uren achtereen, zonder beletsel. Dus vroeg ik haar niet waar ze mee bezig was. Ik vroeg haar hoe lang ze daar al mee bezig was. Twee jaar, zei ze. En kwam uit zichzelf niet met verdere informatie. Ik vroeg haar waar ze woonde. Maid's Causeway, zei ze. En op zo'n toon dat ik me niet aangemoedigd voelde ook nog naar het huisnummer te informeren. Dus bedankte ik haar voor het vuurtje en liep verder, beteuterd alsof ze me gebeten had.

De volgende dag kwam ze in de kantine recht op me af en uitte een beschuldiging die zeker niet klonk alsof ze mij wilde versieren.

'Waarom zit je in de Zaal Zeldzame Boeken als je aan Paul Michel werkt? Jij hoeft helemaal geen zeldzame boeken in te zien.'

Ik liet me niet meteen uit het veld slaan.

'Hoe weet je dat ik aan Paul Michel werk?'

'Ik heb in je boeken gesnuffeld toen jij naar de plee was.'

Ik was verbijsterd. Ze erkende dat ze mij aan het bespioneren was. En ze bleef gewoon voor me staan, haar krullen in haar ogen, wachtend op een antwoord. Ik was zo bang voor haar dat ik de waarheid vertelde.

'Ik ben daar gaan zitten om naar jou te kunnen kijken.'

'Dacht ik het niet,' riep ze bestraffend.

'Ligt het er zo dik bovenop dan?' We hadden niet eens wat en toch kregen we al onze eerste ruzie.

'Vertel mij wat. Heb-je-misschien-een-vuurtje?' Ze bootste minachtend mijn stem na. 'Je hebt de afgelopen vijf maanden je eigen aansteker gebruikt.'

'Dus jij hebt naar mij zitten kijken?' kaatste ik terug in een poging een bruggenhoofd in het gesprek te veroveren.

'Uiteraard,' zei ze, terwijl ze ging zitten en er een opstak, 'er zijn maar vijf rokers bij moderne talen en daar ben jij er één van.'

Ik dacht even dat ze haar tong naar me zou uitsteken. Ze zag eruit als een triomfantelijk meisje dat net alle knikkers heeft gewonnen.

'Waarom heb je me niet gevraagd wat ik doe?'

Ze ging weer in de aanval. 'Je hebt geen idee, hè? Jij denkt dat elke academica zo'n hoerige blauwkous is.'

'Ho even,' viel ik haar verdedigend in de rede. De situatie was volledig uit de hand gelopen. 'Waarom zoek je ruzie met mij?'

'Dat doe ik niet.' Ze glimlachte, voor de eerste keer, een prachtige jongensachtige grijns. 'Ik vraag of je met me uit wilt.'

'Die mag u binnen niet roken,' snauwde de vrouw van de kassa, die opeens achter haar stond. 'Naar buiten, meteen.'

Ik propte mijn cake naar binnen en volgde haar naar de luchtplaats. Ik kon mijn geluk niet op.

'Dus je had me al opgemerkt?' vroeg ik, ongelovig.

'Yep,' zei ze vreedzaam, 'neem een sigaret. En je mag deze keer je eigen aansteker gebruiken.'

'Luister,' vervolgde ze, 'ik woon in een twee-kamerflat, dus je kunt niet bij me intrekken. Maar ik zou graag met je naar bed gaan. Als je nou vanavond eens bij me langskwam?'

Ik liet mijn sigaret in een plas vallen. Ze grijnsde weer.

'Schijterd,' siste ze, haar ogen glinsterend achter de dikke glazen in hun zilveren omlijsting. En zo begon onze verhouding.

Ze was een voortreffelijk linguïste. Ze sprak vloeiend Frans. Na de middelbare school, en voor ze in Cambridge ging studeren, had ze een jaar lang stage gelopen als lerares Frans aan een middelbare school bij Aix-en-Provence. Overdag heerste ze over de kinderen op school en 's avonds over het schorem in een café. Ze had alle boeken van Paul Michel gelezen en had over elk daarvan haar mening, een strikt eigen opvatting die ze met niemand deelde. Ik wist niet of het was omdat ze me niet op mijn teentjes wilde trappen, maar het was heel moeilijk om haar gezichtspunten enigszins gedetailleerd uit haar te krijgen. Het was echter duidelijk dat ze er tamelijk voortvarende eigen ideeën op nahield. En ze had ook vastomlijnde ideeën over wat er tussen ons in bed moest gebeuren. Voor mij was dat fantastisch want ik had niet bijster veel te doen. Haar dissertatie ging over Schiller. Volgens mij had Schiller geen schijn van kans.

Aan het begin van een verhouding brengen geliefden meestal veel tijd in bed door. Zelfs als ze erin slagen eruit te komen zijn ze uitgeput; afgemat door wapenfeiten, overwinningen. Niet aldus de germaniste. Om acht uur was zij wakker, stond haar bril weer op haar neus, en zette ze koffie in mijn keuken of de hare. Ik hoorde het voortvarende geluid van de draaiende Moulinex, rook de verschrikkelijke, onontkoombare geur van dat sterke, zwarte, elke geslachtsdrift de kop in drukkende middel en wist dat de werkdag begonnen was. Ze roosterde brood, schrobde de gootsteen, pakte haar tas en vertrok op haar fiets. Ongeacht het weer. Om halftien zat ze met haar neus in de boeken. Zoals ik al zei, Schiller had geen schijn van kans. Ik kwam altijd om elf uur aanzetten, een beetje draaierig, nog duizelend van de seks. Dan hief ze haar hoofd op, verheven en vitziek als een schooljuffrouw, en verklaarde zich bereid tot een pauze van twintig minuten voor koffie en een sigaret.

Ik hield van haar flat. Ze bewoonde twee kamers, met een keuken die uitkeek op de tuin beneden en die geel en blauw geschilderd was. Haar kopjes waren geel en haar borden waren blauw. Ze had altijd verse bloemen op tafel staan. Ze bewerkte elk oppervlak plus de gootsteen met een bleekmiddel. Haar bewegingen als ze aan het koken was waren intens en exact. Dat was haar schrijven ook. Wanneer ik er eindelijk in slaagde op te staan vond ik op tafel korte briefjes.

Koffie op fornuis. Vers brood in trommel.
Eerst oud brood opmaken.

Ik bewaarde al die cryptische boodschappen, alsof ik op een dag de sleutel zou vinden om ze te ontcijferen.

Ze liet aan zichzelf gerichte boodschappen boven de badkamerspiegel hangen. Op die eerste morgen dat ik naar de plee strompelde – ik voelde me net een stukgebeukte piano – zag ik, uitgetikt in grote blokletters, nadrukkelijk, agressief, de woorden waarmee Posa van koning Filips II vrijheid had geëist.

SO GEBEN SIE GEDANKENFREIHEIT
(*Geef ons vrijheid van gedachte*)

En net als Posa meende de germaniste het. Zij wilde vrijheid in ieder opzicht – theologisch, politiek, seksueel. Ik schreef de briefjes boven de badkamerspiegel, die altijd in het Duits gesteld waren, allemaal over, zocht de woorden op die ik niet kende en dacht na over hun raadselachtige betekenis.

Haar andere kamer was een opzienbarende, decadente massa rood; een scharlaken beddensprei met gouddraad doorstikt, een oud Turks tapijt dat ze van haar vader had gekregen, een woest weefsel van oker, bruin en goud. De lampenkappen, versierd met afhangende kwastjes van rode kant, waren ontsnapt uit een Regency-bordeel. Ze had een enorme, lege vogelkooi in de vorm van een klok. Op haar bureau lag een massa papieren, overwoekerd met haar precieze en uiterst kleine handschrift. Het scheen mij toe dat ze al genoeg materiaal had voor een dozijn dissertaties. Ik staarde naar haar notities. Ik kon er niets van maken. Verder was elk denkbaar oppervlak met boeken bedekt. Ze spendeerde al haar geld aan boeken en al haar tijd aan het lezen ervan. Ze waren allemaal beschreven met kritieken, reacties in de kantlijn, soms doorschoten met hele bladzijden commentaar. Eeuwen literatuur vormden haar jachtgebied, en overal liet ze haar sporen achter.

Toen we een maand of zoiets samen waren, waagde ik het erop en ging ik de plank zoeken waar ze haar romans van Paul Michel had staan. Jawel, dat waren ze, zijn hele oeuvre bij elkaar, chronologisch gerangschikt, verzameld op een bevoorrechte plek naast haar bureau. Elk boek was net zo goed door haar volgeschreven als door hem. Ze had op hem gereageerd, uitgebreid. Ik vond witte boe-

kenleggers, bladzijden vol notities, en data op de binnenkant van de omslagen, waarvan ik me realiseerde dat het
de maanden waren waarin ze de boeken gelezen had. In
tegenstelling tot veel andere commentatoren op zijn werk
gaf zij de voorkeur aan de latere teksten. Ze had *La Fuite*
gelezen toen ze nog studeerde, net als ik, maar ze had *Midi* twee keer gelezen en *L'Evadé* drie keer. Ik was verbaasd en blij tegelijk. Ik trof een hele bundel door haar
volgeschreven papier in haar exemplaar van de laatste roman van Paul Michel aan. Daarin werd verwezen naar
bladzijden, incidenten, passages. Eén alinea had ze bijna
onleesbaar gemaakt met haar pietepeuterige, felle handschrift. En onder aan de bladzij had ze in haar pertinente
bloklettertjes geschreven: KIJK UIT VOOR FOUCAULT, alsof
de filosoof een uitgesproken valse hond was. Ik had dezelfde editie, dus ik noteerde het bladzijnummer. Er vlak
onder zag ik dat ze ook een verwijzing had neergepend
naar een passage in een interview met Foucault. Die
schreef ik ook over en ik besloot deze cryptische boodschap die ze aan zichzelf had gericht in elk geval te ontcijferen. Ze wist donders goed dat ik bezig was aan een
dissertatie over Paul Michel en Foucault. Niet één keer
had ze een mening naar voren gebracht over deze speciale
relatie. Nu ik wist dat ze die wel had, kwam haar zwijgen
vreemd op mij over, sinister zelfs. Maar ze moet haar
redenen hebben gehad om niets te zeggen. Ik zat te neu-
zen in haar geheimen. Schuldbewust zette ik het boek
weer op de plank.

Ik stond midden in haar kamer. Voor een raadsel gesteld. Ik begon haar hele flat op Foucault te doorzoeken,
maar kon geen van zijn boeken vinden. Hij was duidelijk
verbannen.

Zelfs wanneer ze er niet was, leek ze aanwezig te zijn in
haar kamers; de geur van haar sigaretten, de opeenge-
hoopte lucht van de wierook die ze brandde, het blik
met olie dat ze op de vensterbank had staan voor haar
fietsketting, de modderige handschoenen die ze gebruikte

voor het tuinieren. Ik vond het prettig daar te zitten, alleen met mijn pogingen haar in elkaar te passen als een puzzel die moest worden opgelost. Want er was gewoon iets niet in de haak met haar. Aan de ene kant opereerde ze met een heel angstaanjagende directheid. Nooit eerder was mij gezegd dat ik mijn broek moest uittrekken terwijl de vrouw toekeek. Maar aan de andere kant waren er aspecten van haar die broos waren, cryptisch, verborgen. Als ik haar aanraakte wanneer ze dat niet van me verwachtte, deinsde ze bevend terug. Soms was ze aan het schrijven en zag ik haar het papier plotseling bedekken, waarna ze verstard voor zich uit bleef zitten staren, bewegingloos, meer dan twintig minuten lang, de pen als een vogel tegen haar wang neergestreken. Ik waagde het niet haar te storen of te vragen waar ze gezeten had. Ze was net militair terrein, ten dele ondermijnd.

Op een dag ging ik naar haar flat om haar te zoeken, want ze was niet in de bibliotheek. Daar trof ik haar aan, schrijvend in bed, haar gezicht nat van tranen. Ik nam haar in mijn armen en kuste haar. Dat liet ze me één keer doen, toen duwde ze me van zich af. Ik keek naar wat ze geschreven had en zag dat het een brief was, gericht aan 'Mein Geliebter...' – ze had bladzijden vol in het Duits geschreven. Ik kreeg bijna een hersenbloeding van jaloezie.

'Wat ben jij godverdomme aan het doen?' riep ik.

'Een liefdesbrief aan Schiller schrijven.'

'Een wat?'

'Je hebt me wel gehoord.'

'Meen je dat?'

'Absoluut. Het helpt me om greep op hem te krijgen. Om helder te denken. Als je niet verliefd bent op het onderwerp van je proefschrift wordt het allemaal gortdroog, weet je. Ben jij niet verliefd op Paul Michel?'

'Nee. Niet dat ik weet.'

'Ik zie niet waarom niet. Hij is heel mooi. En hij valt op jongens.'

'Ik ben verliefd op jou,' zei ik.

'Doe niet zo idioot,' snauwde ze, en ze sprong uit bed en strooide haar hartstocht voor Schiller uit over haar Turkse tapijt. Ik probeerde Schiller niet als serieuze rivaal te beschouwen, maar dat was hij wel. Ze bracht meer tijd met hem door dan met mij.

Ik kom uit een tamelijk gewoon burgergezin. Mijn pa is fysicus en mijn moeder is huisarts. Ze hebben elkaar in hun studietijd ontmoet. Ik heb één zusje dat zes jaar jonger is dan ik. We zijn allebei zo'n beetje opgevoed als enig kind. Ik mocht haar en we speelden vaak samen, maar we hadden elk onze eigen vrienden, ons eigen leven. De germaniste daarentegen kwam niet uit één gebroken gezin, maar uit twee. Een tijd lang kon ik haar familieomstandigheden niet helemaal bevatten. Ze had twee vaders en haar moeder was blijkbaar verdwenen.

'Ik weet dat het maf klinkt,' zei ze, 'twee vaders. Maar die heb ik altijd gehad. Ze wonen niet ver bij elkaar vandaan. De ene woont in West End Lane, de andere op de heuvel in Well Walk. Ik weet niet of ze gezamenlijk de voogdij hadden of hoe dat geregeld was. Ik heb mijn vakanties altijd voor de helft bij de een en voor de helft bij de ander doorgebracht. Mijn eerste vader, als je begrijpt wat ik bedoel, degene van wie ik het tapijt heb, werkt bij de Bank of England. Ik weet niet wat hij doet. Ik moet altijd wachten tot de bewaking hem voor de lunch naar buiten laat en mag zelfs niet eens naar binnen. Weet je, ik heb het hem één keer gevraagd, waar hij zijn dagen mee doorbracht. Hij vertelde dat hij met andere banken onderhandelde, maar hij zei het zo somber dat ik niet geloof dat hij er veel aan vindt. Of het moet een slechte dag op de beurs zijn geweest. Moeder is er vandoor gegaan met mijn tweede vader toen ik twee was en heeft mij meegenomen. Ik mocht mijn tweede vader heel graag. Hij maakte een keer een enorme vlieger voor me met een draak erop. Hij is kunstschilder, hij verkoopt tegenwoordig massa's, en geeft les aan een kunstacademie. Het was Wimbledon, tegenwoordig is het Harrow, of is het Middlesex? Hoe dan ook, hij maakt enorme muurschilderingen met zijn studenten, gigantisch, op blinde muren in sloppen in het centrum. Bij hem is moeder ook niet lang gebleven. Ze was binnen een jaar weer vertrokken en deze keer zonder mij.

Nee, ik heb geen idee waar ze heen is gegaan, of met wie. Dat weet niemand. Ik heb haar sindsdien nooit meer gezien. Maar het moet haar voor de wind zijn gegaan. Ze stuurde me achttienduizend pond toen ik achttien werd. Voor ieder jaar duizend.'

'Wat? Dat verzin je.'

'Zonder dollen. De flat in Maid's Causeway is helemaal van mij. Hij kostte 27.000 pond. De Bank of England heeft de rest bijgepast. Waarom denk je dat ik nooit over huur zeur? Ik heb hem sinds mijn tweede jaar aan King's. Maar moeder is duidelijk niet speciaal in mij geïnteresseerd, en ook niet in mijn vaders. Ze horen nooit iets van haar.'

'Zijn ze niet hertrouwd?'

'Ze is met geen van beiden getrouwd geweest. Martin, dat is de schilder, heeft een vriendin gehad die een paar jaar bij ons heeft ingewoond, en nou heeft hij er een die op zichzelf woont. En de Bank of England is homoseksueel. Die heeft een heleboel jongens. Meestal zijn ze geweldig. En ze zijn allemaal gek op koken. Pa ook. We eten als vorsten.'

Ik zat met mijn mond open.

'Jouw vader is homo?'

'Yep. Net als Paul Michel.'

'Heb je daarom al zijn boeken zo zorgvuldig gelezen?'

'Ik lees alles zorgvuldig,' beet ze me vernietigend toe.

Ze zei een tijdje niets. Toen zei ze: 'Mijn pa heeft ook wel boeken van Paul Michel gelezen. Hij leest Frans. Het is interessant om alleen vaders te hebben. Dat zal wel anders liggen wanneer je een man bent. Paul Michel is altijd op zoek geweest naar zijn oedipale bullebak.'

'En dat is?'

'Foucault.'

Dat was de eerste keer dat ze zijn naam noemde. Maar ik kon geen enkele scherpe vraag stellen zonder te onthullen dat ik op haar planken had gesnuffeld. Bovendien, ze stond op om weer naar de Zaal Zeldzame Boeken te gaan, ten teken dat het gesprek onbetwistbaar voorbij was.

Die avond ging ze naar een film op de German Society die ik al gezien had, dus ik bleef thuis en zocht de passage in *L'Evadé* op die haar zo geprikkeld had. Dit is wat Paul Michel had geschreven.

De katten liggen te slapen op het voeteneind van mijn bed en overal om mij heen, de dreigende stilte van L'Escarène, eindelijk gevangen in de stijgende vloed van warme lucht, die het zand uit het zuiden aandraagt. De Alpen liggen hoog boven mij gehuld in trillend licht. En op het bureau in de kamer beneden ligt het geschrift dat volhoudt dat de enige uitweg bestaat in de absolute destructie van alles wat je ooit hebt gekend, liefgehad, gekoesterd, alles waar je ooit in hebt geloofd, zelfs je eigen omhulsel moet met minachting worden afgelegd; want vrijheid kost niet minder dan alles, inclusief je generositeit, zelfrespect, integriteit, tederheid – is dat werkelijk wat ik zeggen wilde? Het is wat ik gezegd heb. Erger nog, ik heb de aandacht gevestigd op de pure creatieve vreugde die een gevolg is van deze meedogenloze vernietigingsdrang, en op het bevrijdende wonder dat voortvloeit uit geweld. En dat zijn gevaarlijke boodschappen waar ik niet langer verantwoordelijk voor ben.

Het was een belangrijke boodschap, verontrustend als je hem uit zijn context haalde, maar er stonden andere dingen in *L'Evadé* die deze wrede troosteloosheid tegenspraken. Ik had meer dan een uur nodig in de bibliotheek om het interview met Foucault te vinden want dat dateerde weliswaar uit 1978, maar was postuum gepubliceerd op

13 juli 1984, in *L'Express*. In het interview wraakte Foucault zijn eigen werk *Les mots et les choses*.

> Het is het moeilijkste, vermoeiendste boek dat ik ooit heb geschreven... waanzin, dood, seksualiteit, misdaad – dat zijn de onderwerpen die het meeste mijn aandacht trekken. *De woorden en de dingen* daarentegen heb ik altijd als een soort formalistische exercitie beschouwd.

Ik zag geen enkel verband tussen beide passages, afgezien van het voor de hand liggende feit dat Foucaults sinistere lijst van obsessies een voortreffelijk overzicht bood van alle thema's in het werk van Paul Michel. Ik las het hele interview door. Er was slechts één andere frase die ze had opgeschreven, niet eens een complete zin. Dat was deze:

> de hunkering, de ondervinding, de aanleg, de mogelijkheid van absolute opoffering... zonder enig hoegenaamd profijt, zonder enige ambitie.

Nu was ik volkomen verbijsterd en zeer geïntrigeerd. De extremiteit van dit soort taal – 'hunkering', 'absolute opoffering' – die Paul Michel en Foucault gemeen hadden, speelde geen rol in het dagelijkse intellectuele discours van de germaniste. Zelfs als ze over haar werk sprak, was dat vaak in termen van vorm, of gold het één bepaald gedicht of toneelstuk of een brief aan Goethe. Ik realiseerde me dat ik geen benul had van haar project als geheel, alleen een fascinerend zicht op haar oog voor details. Ik had geen idee waar ze eigenlijk mee bezig was. Aan de andere kant onderwierp zij mij bijna iedere avond aan een examen met vragen de inquisitie waardig. Ze was veel scherper en agressiever dan mijn promotor, die met matte onverschilligheid naar mijn pagina's typoscript staarde.

Ik raakte steeds meer gefascineerd door haar antipathie jegens Foucault.

Iedereen kende haar. Alle promovendi vreesden haar verschijning wanneer ze een lezing hielden. Ze had altijd alles gelezen en hield er haar eigen excentrieke, controversiële, maar goed onderbouwde standpunten op na. Zelfs wanneer ze buiten was voor een sigaret leek ze nog te weten wat er binnen in het instituut gaande was. Ze was met niemand dik bevriend. En ze had altijd alleen gewoond. Ik deelde mijn flat met een promovendus van de Engelse faculteit genaamd Mike die iets met Shakespeare deed. Hij was doodsbang voor de germaniste en werd altijd ongewoon stil wanneer ze bij ons kwam. Ik denk dat het aan haar bril lag. Ze had zulke dikke lenzen dat haar ogen erdoor vergroot werden. Het resultaat was een uilachtige intensiteit, die ze combineerde met een griezelige concentratie. Op de een of andere manier betrapte ik mezelf meer dan eens op overpeinzingen over het feit dat uilen levende zoogdieren aten.

'Waar praten jullie in godsnaam over?' vroeg Mike sceptisch, nadat ze haar eerste nacht in onze flat had doorgebracht en bij het krieken van de dag was verdwenen.

'O, alles. Haar werk. Mijn werk. Ze heeft twee vaders.'

'En Zeus is daar zeker een van,' zei Mike.

Ze was nooit teder. Ze fluisterde nooit lieve woordjes, zei nooit dat ze van me hield, en hield nooit mijn hand vast. Wanneer ze me mee naar bed nam, kuste ze me alsof er een afstand was die overbrugd moest worden en ze vast van plan was zonder oponthoud op haar bestemming te komen.

Het was eind mei, examentijd voor de studenten. We leden allemaal aan exameneczeem en promotieparanoia. Ik zat in onze keuken met Mike te schaken aan de pas geboende formicatafel die door de germaniste van elk spoor van kleverigheid was ontdaan, toen ze onaangekondigd binnen kwam vallen. Dat was ongehoord. Als ze van plan was langs te komen, belde ze van tevoren op en maakte precieze afspraken. En als ik er niet was, liet ze een boodschap achter bij Mike, die ze op dicteersnelheid doorgaf, alsof hij mijn analfabetische secretaris was.

'Kleed je om schat en trek je mooiste kloffie aan. De Bank of England belde net vanuit Saffron Walden. Hij is binnen een uur hier met zijn Mercedes.' Ze danste om de tafel heen. 'En hij neemt ons allebei mee uit eten.'

Ik had nooit zo'n onkarakteristieke patserigheid aanschouwd. Ik zat daar maar te denken: ze zei schat. Mike was met stomheid geslagen. Ik dacht dat ik snel een bloedtransfusie nodig zou hebben.

Het vooruitzicht van een ontmoeting met de vader van je vriendin, of in elk geval een van haar vaders, is zeer angstaanjagend. Ik begon in paniek te raken.

'Moet ik een das omdoen? Ik heb geen das.'

'Dan kun je er ook geen omdoen,' zei ze met verwoestende logica door een rookwolk heen.

'Ik zou er een van Mike kunnen lenen.'

'Ach, maak je niet druk. Vader maalt daar niet om. Wij zijn studenten. Hoe dan ook, zijn vriendjes dragen ook nooit een das.'

'Maar ik ben niet zijn vriendje. Ik ben jouw vriendje.'

'O ja? Is dat zo?' zei ze smalend.

'Je noemde me schat,' beklaagde ik mij.

'Is dat zo? Kleine vergissing.'

We stonden op de trappen van het Fitzwilliam Museum en tuurden Trumpington Street af in het gouden avondlicht. Haar vader reed inderdaad in een grote zwarte Mercedes, uitgerust met autotelefoon, cd-speler en een vergrendelingssysteem dat hij bediende met een radargevalletje aan zijn autosleutels. Als hij het regeltoetsje indrukte reageerde de auto, zelfs op grote afstand, met een zoem en een klik, en een snelle flits van alle lichten, en bleef vervolgens geopend staan wachten. Ik vroeg me af of het ook werkte wanneer de auto om een hoek stond.

Ze leek niet op haar vader, maar beiden hadden dezelfde grijns. Hij was een jaar of vijftig, had grijs haar, was gladgeschoren, knap en afschrikwekkend onguur, een beetje als een CIA-agent in een film uit de jaren zestig. Hij had alle bijbehorende franje, donker pak, paarlemoeren manchetknopen en een duur Frans overhemd. Hij stapte uit de wagen en spreidde zijn armen. Ik had haar nog nooit zo blij gezien. Ze stiet een geweldige kreet van ongecompliceerde vreugde uit en hij verzwolg haar in een omarming. Hij nam zelfs haar bril af.

'Hoe lang kun je blijven?' vroeg ze gretig, zonder mij voor te stellen.

'Tot morgenochtend.' Hij kuste haar op beide wangen, zoals de Fransen doen. En draaide zich toen naar mij.

'Nou, meisje van me, laat mij die jongeman eens bekijken die mijn dochter heeft veroverd.'

Ik voelde me opeens vettig, overdekt met roos en puistjes, maar ik vond het heerlijk om die woorden te horen. Ik leefde in de veronderstelling dat de germaniste geen passies kende. Ze had zeker niet de indruk gewekt vatbaar te zijn voor verovering. Hij schudde mijn hand en sloot toen plotseling ook mij in zijn armen. Ik was zeer verrast en zeer blij.

'Als je je met haar verveelt, jongen, kom dan eens bij ons in Londen langs.' Hij hing de casanova uit met dezelfde brede, schalkse grijns waar zij me mee overrompeld had.

'Kap daarmee, pa. Ik was eerst,' giechelde ze en gaf hem een por tussen zijn ribben. Van gêne verschoot ik verscheidene keren van kleur.

Al mijn ideeën over de Bank of England ondergingen een plotselinge en snelle metamorfose. Vanaf dat moment steeg de stemming of daalde het peil, het ligt eraan hoe je het bekijkt. Ik begreep nu waar het absolute gevoel voor vrijheid en losbandigheid van mijn germaniste vandaan kwam. Ze was een kind van haar vader.

Hij nam ons mee naar Brown's, en daar, te midden van de in potten geplante pracht en praal van Butch Cassidy en de Sundance Kid, begon hij als een student te bunkeren. We aten pastei van champignons met Guinness. Hij bestelde extra patat. Zij kon haar gebakken aardappel met zure room niet op. Hij ruilde hun borden om en at alles op. Hij wierp een blik op de wijnlijst, schudde mismoedig het hoofd en bestelde twee flessen rode huiswijn. Hij stelde voor dat ik wat extra room op mijn tarte tatin zou nemen, bestelde meer zonder een reactie af te wachten en schepte toen zelf ook nog wat op zijn eigen ijs met appelgebak. Cholesterol boezemde hem duidelijk geen enkele angst in.

Zij was van de intense, agressieve promovenda veranderd in een vrolijk kind. Ze babbelde, giechelde, vertelde verhalen, schrokte patat, en informeerde naar de laatste vriend van haar vader, die even oud bleek te zijn als zij was. Ze was zelfs oneerbiedig jegens Schiller. Hij hoorde haar uit, moedigde haar aan, plaagde haar genadeloos en smeekte haar om hem te laten betalen voor contactlenzen. Hij vroeg, met een boosaardige grijns, of ik nog een beetje goed in bed was, en drong er bij haar op aan dat ze rijles nam en een auto uitzocht. Hij berispte haar omdat ze rookte en rookte vervolgens de helft van mijn sigaretten op. Hij was als een koning op doorreis, eigenzinnig, edelmoedig, gevend met gulle hand.

Toen we bij de cappuccino's waren aangekomen richtte hij zijn vreemde grijze ogen op mij en vroeg naar Paul Michel.

'Het enige dat ik heb gelezen is *La Maison d'Eté*, waarmee hij de Goncourt in de wacht heeft gesleept. Ik neem aan dat dat mij een verkeerde indruk van zijn werk geeft. Mijn dochter weet te vertellen dat het zijn meest conventionele roman is.'

'Ja,' beaamde ik, 'in sommige opzichten is dat ook zo. Ik geef nog steeds de voorkeur aan *La Fuite*, dat gaat over zijn jeugd. En, ja...' Ik aarzelde.

'Als poot opgegroeid op het Franse platteland,' zei de Bank of England grinnikend. 'Homoseksueel zijn is geen taboe aan deze tafel, hoor. Arme jongen, dat moet hem voor het leven verwrongen hebben. Maar hij was wel een beetje het James Dean-type, hè? Een brute variant van de homoseksueel: en we gaan allemaal toch lekker naar de kloten. Wat is er van hem geworden? Ik weet dat hij een tijdje in een inrichting opgesloten heeft gezeten. Niet aan aids overleden, hoop ik.'

'Nee,' zei ik, 'niet voor zover ik weet. Hij heeft in 1984 op de een of andere manier een complete zenuwinstorting gehad. En hij heeft sindsdien niets meer geschreven.'

Plotseling werd ik mij bewust van de germaniste. Het had middernacht geslagen, de pompoen was verdwenen en de betovering verbroken. Ze keek me boos aan en haar brillenglazen fonkelden van woede.

'Dus je weet het niet? Je bestudeert zijn werk en je weet niet wat ze met hem uitgevreten hebben?'

'Hoe bedoel je?' wilde ik weten, ten hoogste verbaasd.

'Hij zit in het gekkenhuis. Sainte-Anne in Parijs. Hij zit er al negen jaar. Ze zijn hem met hun medicijnen aan het vermoorden, dag in dag uit.'

Ik staarde haar aan.

'Rustig, lieveling,' suste haar vader, en zijn ogen zochten naar iemand die hem een rekening kon brengen, 'ik wist niet dat hij daar nog zat.'

'Maar jij bent geen dissertatie over Paul Michel aan het schrijven.' Ze was één brok beschuldiging. Even dacht ik dat ze me ging slaan.

Haar vader leunde voorover en kuste haar wang, iets wat ik nooit had gedurfd, en zei zacht: 'Scènes met je geliefde maak je voor de deur van het restaurant, schat, nooit aan tafel. Dat doe je niet.'

De germaniste ontdooide enigszins, wierp me nog één boze blik toe en stormde toen naar de wc. Haar vader richtte zich weer tot mij.

'Ik wist niet dat hij levenslang vast zat. Dat is jammer. Het blote feit dat je homoseksueel bent is altijd genoeg geweest om je achter slot en grendel te doen belanden, maar ik had gedacht dat de tijden nu verlichter waren. Is misschien wel een onderzoek waard.'

Hij nam nog een sigaret van me en zei toen glimlachend: 'Als ik jou was zou ik uitzoeken of de familie er
de hand in heeft gehad. Families matigen het zich wel va-
ker aan om hun homo's – poten en potten – een kopje klei-
ner te maken als ze dat straffeloos voor elkaar kunnen
krijgen.'

Ik voelde de behoefte mezelf te verdedigen.

'Ik schrijf niet over zijn leven. Ik bestudeer zijn werk.'

'Hoe kun je dat gescheiden houden?'

'Afgezien van *La Fuite* is hij geen autobiografische
schrijver.'

'Maar zijn ervaringen – zowel die hij zelf gezocht heeft
als de dingen die gewoon gebeurden – moeten toch rele-
vant zijn.'

'Volgens mij is dat een valkuil. Je kunt geschriften niet
interpreteren aan de hand van het leven van de schrijver.
Dat is te simpel. Schrijven heeft zijn eigen regels.'

De germaniste kwam als een geestverschijning weer op-
duiken en koos meteen partij. 'Hij heeft gelijk, pa. Dat
zou net zoiets zijn als al het werk van Schiller beredeneren
aan de hand van zijn economische situatie en de baantjes
die Goethe voor hem regelde.'

'Maar hij zou helemaal niets hebben geschreven als
Goethe hem niet had vrijgekocht. Dat heb je zelf gezegd.'

'Ja. Dat is ook zo. Maar dat wil nog niet zeggen dat dat
het belangrijkste aspect van zijn werk is.'

'Waarom,' zei haar vader met nadruk, 'is het dan zo belangrijk om te weten dat Paul Michel stapelmesjokke in
een of ander gesticht in Parijs zit?'

'Omdat je,' zei de germaniste, en ze richtte haar roof-
vogelogen op mij, 'als je van iemand houdt, weet waar
diegene uithangt, wat hem overkomen is. En je je nek uit-
steekt om hem te redden als je dat kunt.'

Het was alsof ze tussen ons in een handschoen op tafel
had gesmeten. Ik kreeg opeens een afschuwelijk visioen
van haar op zoek naar Schiller in het met kinderhoofdjes
bestrate Weimar, een flesje penicilline in de aanslag om

hem te redden van de laatste, ademloze stadia van de te-
ring.

We lieten haar vader in haar flat achter, waar hij openlijk al haar cryptische boodschappen las en in haar map-
pen met notities neusde.

'Ik probeer door de boekenlijsten heen te komen die ze
me toestuurt,' vertrouwde hij mij toe terwijl zij de droog-
kast in dook op zoek naar handdoeken, 'maar ik heb niet
veel tijd om te lezen. Ik ben blijven steken in Foucault.'

'Ze heeft gezegd dat u Foucault moest lezen?'

'Ze schijnt van mening te zijn dat Foucault net zo essentieel is als Schiller,' erkende hij hoofdschuddend. 'Ik snap
niet waar ze het allemaal vandaan heeft. Haar moeder
was zeker geen intellectueel. Tenminste niet dat mij ooit
is opgevallen.'

De combinatie van de verdwijnende moeder en de
alomtegenwoordige Foucault bleek te veel voor mij. In
stilte fietste ik achter haar aan naar huis.

Het miezerde toen we bij mijn flat aankwamen. Alle
lichten waren uit. Ze ging in kleermakerszit op mijn
bed zitten. Regendruppels hingen in haar krullen en big-
gelden over haar bril. Het leek wel of ze huilde. We
staarden elkaar medelijdend aan.

'Vond je mijn vader leuk?' vroeg ze, kinderlijk, onzeker.

'Ik vond hem fantastisch,' antwoordde ik, heel oprecht.
Ze glimlachte. Toen nam ze haar bril af, tuurde twijfelend
naar me en betuigde haar spijt over haar aantijgingen.

'Sorry dat ik zo scherp was.'

Ik kuste haar heel voorzichtig, voor het geval ze besloot
me te gaan bijten, en zocht op de tast naar de knopen van
haar shirt. Ik denk dat het de eerste keer was dat ik de liefde met haar bedreef in plaats van andersom. Ze had zo'n
hard, benig lichaam, een en al ribben en heupen. Die
nacht voelde ze broos aan, fragiel onder mijn handen. Ik
had niet één keer het gevoel dat ze zich aan mij overgaf;
het was meer een kwestie van opgeven. Als een verslagen

revolutionair verliet ze haar seksuele barricade. Er brak iets in haar, gedwee, zachtjes, aarzelend, en ze begroef haar gezicht in de holte tussen mijn schouder en mijn oor, zonder weerstand te bieden. Ik maakte me grote zorgen over haar ongewone zachtheid en praatte rustig op haar in over niets in het bijzonder tot ze in mijn armen in slaap viel.

Toen ik de volgende morgen wakker werd was ze al weg. Ze had een ronduit oedipale boodschap op de keukentafel achtergelaten,

Ben terug naar Vader

waar niet over te twisten viel.

De volgende drie dagen was ze niet in de bibliotheek. Ze had een reeks ongeschreven regels over wanneer het mij geoorloofd was om te bellen of langs te komen. Aangezien die regels nooit werden uitgesproken wist ik pas van hun bestaan wanneer ik ze overtreden had en dan ging ze of zitten mokken, of ze zei dat ik moest gaan nog voor ik de beker koffie die mij met veel pijn en moeite was voorgezet maar half op had. Al op de eerste dag belde ik haar op. Het antwoordapparaat liet mij weten dat ze absoluut niet te bereiken was en stelde niet voor om een boodschap achter te laten.

Ik zei: 'Ik ben het. Waar zit je?' En liet het daarbij. Ze belde niet terug.

Ik riskeerde nogmaals een telefoontje op de ochtend van de derde dag. De boodschap op het antwoordapparaat was ongewijzigd. Ik ging in de keuken tegen Mike zitten somberen.

'Ik denk dat ze me verlaten heeft.'

'Doe niet zo onnozel,' zei hij sarcastisch. 'Als ze je de bons gaf zou zij de eerste zijn om langs te komen en het je te zeggen. Zo'n kans zou ze nooit laten liggen.'

'Probeer haar een beetje aardig te vinden, Mike,' berispte ik hem, ten zeerste aangemoedigd.

'Zulke vrouwen kun je niet aardig vinden. Iemand aardig vinden is een emotie die er niet toe doet. Hoe dan ook, ik ben schijtbenauwd voor haar.'

'Nou ja, ik soms ook,' gaf ik toe.

Mike zette de tv aan en we staarden naar het petieterige beeldscherm. Het nieuws bracht niets dan oorlog, hongersnood en rampspoed. Toen ging de telefoon.

'Hallo,' zei ze, 'ik bel vanuit Londen.'

'O. Dus daar zat je.' Ik probeerde koeltjes te klinken. 'Ik vroeg het me al af.'

'Ik ben met pa mee naar huis gegaan.'

Er viel een stilte. Ik zei niets.

'Je bent boos op me.' Ze stelde het vast.

'Nou ja, een beetje. Nee, heel erg, verdomme. Waarom ben je gewoon vertrokken zonder een boodschap voor me achter te laten? Ik heb het nummer van je vader niet. Ik wist niet eens dat je daar zat.'

'Ik ben hierheen gegaan om iets voor je op te zoeken. En ik heb het gevonden. Dus wees nou niet boos. Ik kom morgen terug. Tot dan.' Ze hing op.

Mike keek me medelijdend aan, en trok zijn wenkbrauwen op.

'Waarom zoek je niet een normaler iemand?' stelde hij voor.

Ik begon inderdaad te denken dat dat een goede raad was toen ze aan kwam zetten in een taxi, zwaaiend met een *Gai Pied Hebdo* uit 1984 met twee naakte mannen op het omslag, een die louter uit gebronsde billen leek te bestaan, de andere met een leren broek die was opengeknoopt tot zijn schaamhaar.

'Kijk, ik heb het gevonden,' riep ze alsof de billen deel uitmaakten van een kaart waarop de lokatie van de mijnen van koning Salomo onthuld werd.

'Wat?' Ik pakte haar tas op terwijl zij zich een weg baande door een massa advertenties voor seksuele hulpmiddelen, waarschuwingen betreffende de gezondheid en foto's van afrukfeestjes.

'Dit.' Ze spreidde het uit op de keukentafel en stak triomfantelijk haar eerste sigaret op.

Het artikel in kwestie besloeg twee pagina's en ging over Paul Michel. Er stonden verscheidene foto's van hem bij, duidelijk eind jaren zeventig genomen, in de tijd van het interview met Bernard Pivot voor *Apostrophes*. Hij poseerde voor de camera, sigaret in de hand, zijn leren jasje nog aan over een zwart shirt. Hij zag eruit als een straatvechter die zich voor vijf minuten aan de strijd heeft onttrokken. Achter hem was de rivier en het kleine model van het Vrijheidsbeeld. Het was of hij op het punt stond naar Amerika te vertrekken. Ik staarde naar zijn knappe, gesloten, arrogante gezicht, de gekunsteldheid van zijn verstilde gebaren, het koele zelfvertrouwen waarmee hij zichzelf had verzonnen. Toen keek ik naar het artikel: *Paul Michel: L'Epreuve d'un écrivain*.

'Lees het,' zei ze. 'Ik zal niks zeggen.'

Ik keek haar aan. Ze beantwoordde mijn blik onverstoorbaar. Toen realiseerde ik me dat dit de handschoen op de tafel was. Dit was de duistere uitdaging, een eis, de eerste eis die ze mij ooit gesteld had. Ik haalde diep adem, nam plaats aan de keukentafel en begon te lezen.

PAUL MICHEL
L'Epreuve d'un écrivain

Op de avond van 30 juni 1984 is op het kerkhof Père-Lachaise Paul Michel gearresteerd. Hij werd schreeuwend en huilend aangetroffen, bezig grafstenen los te wrikken met een koevoet. De nachtwaker van het kerkhof, de heer Jules Lafarge, probeerde hem tegen te houden, waarop de schrijver de nachtwaker aanviel en een schedelfractuur sloeg met de koevoet die hij vervolgens gebruikte om de arm van Lafarge te breken en hem talrijke verwondingen toe te brengen aan rug en gezicht. Paul Michel, door de mensen van de ambulancedienst die hem uiteindelijk in bedwang wisten te krijgen omschreven als incoherent en gevaarlijk, werd een paar dagen later toegelaten tot de psychiatrische afdeling van het Sainte-Anne. Daar is een diagnose gesteld van paranoïde schizofrenie. Later werd onthuld dat de schrijver ontsnapt was uit de cel waarin hij in het ziekenhuis zat opgesloten, en dat hij zichzelf verscheidene snijwonden in de borst had toegebracht met een scheermesje dat hij van een van de andere patiënten had gestolen. De verwondingen vormen geen gevaar voor zijn leven.

De heteroseksuele pers heeft niet geaarzeld met speculaties te komen over het veronderstelde verband tussen de krankzinnigheid van Paul Michel en zijn homoseksualiteit. Maar wie is Paul Michel? Over de identiteit van een schrijver wordt altijd gespeculeerd. Schrijven is een geheime kunst; een verborgen, gecodeerde praktijk, vaak in het donker achter gesloten deuren beoefend. Het schrijfproces is onzichtbaar. Om die reden legde Paul Michel een link tussen schrijven en homoseksuele verlangens.

Fictie, zei hij, was mooi, onauthentiek en nutteloos, een door en door onnatuurlijke kunst, louter bedacht om te genieten. Hij beschreef het schrijven van fictie, het vertellen van verhalen, het vertellen van leugens, als een vreemde obsessie, een dwangmatige gewoonte. Zijn eigen homoseksualiteit zag hij in hetzelfde licht, als een eigenschap die tegelijkertijd mooi en nutteloos was, de potentieel perfecte genieting.

In zijn jaren als militante flikker heeft Paul Michel altijd op het controversiële standpunt gestaan dat we niet comme ça geboren zijn, maar zo verkiezen te zijn. Dat bracht hem in hevig conflict met de religieuze bond voor homoseksuele rechten, David en Jonathan, die altijd gepleit heeft voor tolerantie, begrip en de uitbreiding van burgerrechten naar homoseksuele mannen en vrouwen op grond van het feit dat homoseksualiteit het resultaat is van een aangeboren biologisch determinisme. Het politiek interessante van die theorie is uiteraard dat homoseksuelen derhalve niet verantwoordelijk kunnen worden gehouden voor wat hun natuurlijke geaardheid is. Niemand treft blaam. Paul Michel was openlijk tegen de natuur gekant. Onnatuurlijk zijn, argumenteerde hij, was hetzelfde als beschaafd zijn, als aanspraak maken op een intellectueel zelfbewustzijn dat de enige grond was voor het maken van kunst. Hij genoot van de onwaarschijnlijke, bizarre aspecten van de homoseksuele subcultuur; hij frequenteerde de leatherbars, de travestietenshows, de sauna's, de ruigste ontmoetingsplaatsen. Hij verzette zich tegen elke tendens in de samenleving die pleitte voor uitbreiding van burgerrechten voor poten en potten en was pervers gekant tegen het plan-Partenairiat, dat voorzag in sociale zekerheid en recht op werk en pensioen voor officieel samenwonende homoseksuele paren. Hij kon slechts minachting opbrengen voor de inspanningen van de parlementaire socialistische groepering Gaies pour les libertés. Hij koesterde de rol van seksuele outlaw, monster, verdorvene. Voor zover wij weten heeft hij nooit een vaste partner of een stabiele relatie gehad. Hij was altijd alleen.

Uit die mysterieuze mix van uitdagend anders zijn en oprechte betrokkenheid bij de collectieve krachtsinspanning van de homo-gemeenschap in ons streven naar erkenning en het recht om te bestaan, komt het oeuvre van Paul Michel voort, klassiek, gereserveerd, sober. Het is een oeuvre dat de decadente overdaad van zijn seksuele leven en zijn politieke extremisme afwijst. Zijn meest recente roman, *L'Evadé*, is een obsederend verhaal over vlucht en vervolging, een angstaanjagend relaas van avontuur en ontsnapping, en de lijdensweg van zijn naamloze verteller is al even treffend en even aangrijpend als die van Jean Valjean. Toch is dit werk ook een psychische reis naar de grens van de ervaring, een moderne parabel van een studie naar het duistere labyrint van de ziel. Zijn oeuvre had die buitengewone kwaliteit die erkenning garandeerde van een meestal vijandig literair establishment. Hij was hun schandaal, hun uitzondering, hun verloren zoon. Paul Michel gebruikte zijn faam en de frequente gelegenheden die hij kreeg om in het openbaar jour te houden voor het propageren van zijn versie van homoseksualiteit, maar met dubbelzinnige resultaten. Hij gedroeg zich vaak opzettelijk vijandig tegen sympathiserende would-be supporters; hij nam extreem provocerende politieke standpunten in, en presenteerde flikkers als een subversieve voorhoede in de strijd om de burgerlijke staat te ondermijnen. Zijn openbare discours was dat van een man in oorlog, tegen de samenleving zonder meer, en wij vermoeden ook tegen zichzelf.

Een van de duidelijkste invloeden op zijn werk was die van de filosoof Michel Foucault. Paul Michel houdt vol dat de twee schrijvers elkaar nooit hebben ontmoet. Dat lijkt ons onwaarschijnlijk gezien het feit dat de twee, bij de studentenonlusten van 1971, schouder aan schouder op film zijn vastgelegd, gehurkt op het dak van een van de belegerde universiteitsgebouwen in Vincennes, dakpannen werpend naar de politie. Het enige bekende commentaar van Foucault op het werk van Paul Michel werd gepubliceerd in dit blad (oktober 1983). Daarin beschreef hij de romancier als 'prachtig, overdadig en woest makend'. Foucault wees op het contrast tussen de elegantie en ingehoudenheid van zijn schrijven en de merkwaardig lugubere overdrijving in de politieke verklaringen van Paul Michel. Gevraagd naar verder commentaar op die kennelijke contradictie was Foucault typerend ondoorgrondelijk. 'Welke contradictie? Buitensporigheid is essentieel voor de produktie van soberheid. Paul Michel is toegewijd aan zijn vak. Dat is alles.'

Niettemin exploreerden de twee schrijvers dezelfde thema's: dood, seksualiteit, misdaad, krankzinnigheid, een nu maar al te evidente ironie wanneer we onze gedachten laten gaan over de recente tragische dood van Michel Foucault en het verschrikkelijke lot van Paul Michel. Paul Michel verscheen voor het laatst in het openbaar op de ceremonie die werd gehouden op de binnenplaats van het Hôpital de la Salpêtrière voor het lichaam van Foucault zijn laatste reis naar het zuiden begon, naar Poitiers, waar hij is begraven. De ceremonie werd bijgewoond door veel van Foucaults beroemde collega's en vrienden. Paul Michel las voor uit het werk van de filosoof, onder meer de volgende passage uit Foucaults inleiding op *La volonté de savoir*, die ons trof als uitgesproken veelzeggend.

Er zijn tijden in het leven dat het stellen van de vraag of je anders kunt denken dan je denkt en anders kunt waarnemen dan je doet absoluut noodzakelijk is om überhaupt nog door te gaan met kijken en reflecteren.

Mensen zullen wellicht zeggen dat die spelletjes met zichzelf alleen achter de schermen hoeven plaats te vinden; dat ze, op hun best, deel uitmaken van die voorbereidende werkzaamheden die zichzelf uit het geheugen bannen zodra ze verricht zijn en hun uitwerking hebben gehad. Maar wat is dan filosofie vandaag de dag – filosofische activiteit bedoel ik – indien het niet de kritische arbeid van zelfbeschouwing is? En wat stelt filosofie nog voor als je alleen probeert te legitimeren wat je al weet en geen pogingen in het werk stelt om er achter te komen hoe – en in hoeverre – het mogelijk zou zijn anders te denken?

Want die hachelijke onderneming, het revolutionaire project om anders te denken, vormde de kern van de filosofie van Foucault en het oeuvre van Paul Michel.

De moed van Paul Michel is nooit in twijfel

getrokken. Wat wij ook vinden van de provocerende extremiteit van zijn gedrag en de wijze waarop hij verkoos zijn leven vorm te geven, het is onloochenbaar dat hij nooit bang is geweest zijn nek uit te steken. Extremiteit is niet noodzakelijkerwijs krankzinnigheid. Maar de vormen die krankzinnigheid aanneemt, zijn nooit zonder betekenis. Wat is dan de betekenis van zijn gedrag op het kerkhof? Een schrijver speelt vele rollen, wordt vele mensen in de loop van zijn creatieve bestaan. De rol die Paul Michel nu speelt' kan niet gekozen zijn. We lopen het gevaar een van onze voortreffelijkste auteurs kwijt te raken aan de witte gevangenismuren van een psychiatrische afdeling, aan dezelfde institutionele krachten die zowel hij als Foucault zo radicaal ter discussie heeft gesteld.

Christian Gonnard

Ik legde de *Gai Pied Hebdo* neer en staarde haar aan.

'Geloof jij dat hij echt zo gewelddadig was?' vroeg ze, haar gezicht uitdrukkingsloos, beschouwend, kijkend naar mij.

'Schedelfracturen en gapende snijwonden in je borstkas verzin je niet.'

'Wat ga je doen?' Haar sigaret hing in de lucht. Ik besefte opeens dat als ik het verkeerde antwoord gaf ze me ter plekke zou verlaten. Maar het sinistere was dat ik het antwoord al wist. De woorden waren zich aan het vormen – daadwerkelijk, krankzinnig – en wachtten om te worden uitgesproken.

'Ik ga naar Parijs,' zei ik. 'Mijn vader heeft beloofd dat hij een verblijf in Parijs zou financieren om de brieven te bestuderen. Die bevinden zich of in het Centre Michel Foucault of in het archief van de universiteitsbibliotheek. Ik ga uitzoeken waar Paul Michel is. We weten tenslotte dat hij niet dood is, maar we kunnen niet met zekerheid zeggen of hij nog in het Sainte-Anne zit.'

Haar sigaret was roerloos blijven hangen. Ik haalde diep adem en raapte de handschoen op die ze me voor de voeten had gesmeten. Het was of het formica loskrulde van de keukentafel.

'Als het me lukt – als hij gezond genoeg is – haal ik hem er uit.'

Ze drukte haar peuk uit met moordende intensiteit en keek op. Ik sidderde.

'Ik hou van je,' zei ze.

Ik zakte op de tafel ineen met mijn hoofd in mijn handen. Ze stond meteen op. Tegen de tijd dat ik de moed had verzameld om mijn hoofd op te tillen was ze vertrokken. De buitendeur sloeg achter haar dicht. Mike stond naast me, de ongerustheid en bezorgdheid straalden van zijn gezicht af.

'Gaat het weer?' Hij sloeg zijn arm om mijn schouders. 'Zal ik thee maken? Ze is weg.'

'Weet ik,' zei ik naar adem snakkend.

'Was het erg?'

'Ja.'

'Heeft ze het uitgemaakt?' Hij draaide de kraan open en liet een fontein koud water in de tuit van de ketel lopen.

'Nee. Of in elk geval niet dat ik weet. Misschien wel. Ze zei dat ze van me hield.'

Mike liet de ketel in de gootsteen vallen.

Het was juni. De examens waren voorbij en de studenten herstelden van hun katers. Aan alle pleinen van Cambridge waren grote roomkleurige tenten ontsproten met houten looppaden ertussen, als een elegante parodie op de landschappen van de Eerste Wereldoorlog. Ik vroeg de germaniste of ze ooit naar een meibal was geweest. Ze staarde me eenvoudigweg aan met onverholen minachting. Dus verkocht ik de kaartjes en schreef aan mijn vader of hij me het geld kon sturen voor Parijs. Hij reageerde warm, en noemde grote bedragen. Ze vonden het heerlijk om aan hun kennissen te vertellen dat hun zoon in

Cambridge studeerde en realiseerden zich dat dergelijke grootspraak het nodige kostte.

De kleine, witte stenen stad aan de rand van de Fens had me intens romantisch toegeschenen toen ik er kwam studeren. Het was net het kasteel van Gawain, een glinsterende massa pinakels, een intieme wereld van vriendschappen op trappen. Ik hield van de geur van de bibliotheken, de waterplanten in de rivier, het gemaaide gras in de zomer. Doordat ik bleef hangen als promovendus, veranderde mijn beeld van de stad. Een nieuwe geografie kwam naar boven, gebaseerd op onze flat bij Mill Road, de supermarkt, en de plaatselijke rommelwinkel, gedreven door een enorme familie, die keukenrollen, plastic emmers en afwasborstels verkocht tegen derde-wereldprijzen. Voor het eerst merkte ik de wind op, de snijdende grijze wind, die rechtstreeks van de Oeral komt. Ik begon te staren naar de proppen papier die over Parker's Piece waaiden. Ik werd 's avonds neerslachtig. Misschien is het eerste jaar van een onderzoeksproject altijd een tunnel van desillusie. Eenmaal bevrijd van de verschrikkelijke taak om er elke week een essay van acht tot tien pagina's weinig origineel, hoogdravend proza uit te persen, had ik me voorgesteld dat poorten van geleerdheid zich voor me zouden openen, alsof ik zojuist een groot landgoed had verworven. Niemand had er ooit op gewezen dat onderzoek een saai, verwarrend, deprimerend, eindeloos karwei was. Ik had geen gevoel voor richting. Mijn promotor opperde af en toe dat ik dat en dat boek, artikel of ongepubliceerd proefschrift eens moest lezen. De andere proefschriften waren de meest verwoestende ervaring die ik ooit gehad heb. Het is geen geringe opgave om unieke, bijzondere hartstochten om te zetten in pagina's reducerend, repeterend commentaar. Het ergste dat ik onder ogen kreeg was een vergelijkende studie van Paul Michel en Virginia Woolf.

De fabrikant van die dissertatie had in Oxford gestudeerd. Hij voerde aan dat Paul Michel en Virginia Woolf allebei in wezen romantici waren, dat hun methode romantisch was, dat hun epifanieën openbarende momenten van *zijn* waren. Hij hield vol dat hun gepreoccupeerdheid met innerlijke landschappen wees op een gedesillusioneerdheid in de politiek en een romantische bevestiging van het naar binnen gerichte leven van de ziel. Hij draaide bladzij na bladzij en hele lappen voetnoten, citaten, verwijzingen af, en alles onderbouwde meedogenloos zijn eigen stelling. Paul Michel las Engels. Maar hij had nooit beweerd Virginia Woolf te hebben gelezen. Mijn eerste moment van radicale twijfel kwam met het besef dat, in de jaren dat beide schrijvers verondersteld werden te kronkelen van teruggetrokken zelfzucht en alleen maar bezig te zijn met het aanblazen van de brand in hun gemartelde ziel, Virginia Woolf lezingen gaf over het socialisme voor het co-operatieve vrouwengilde en Paul Michel deel uitmaakte van een revolutionaire maoïstische cel. Maar de tovenaar uit Oxford schreef meedogenloos door over hun gebrek aan politiek engagement. Dit was een wereld zonder onwelkome tegenstrijdigheden. Ik las elk woord van zijn dissertatie en moest nodig in therapie toen ik hem uit had. Mijn germaniste toonde geen medelijden.

'Dat soort werkstukken moet je doorbladeren,' snauwde ze, 'en de bibliografie kopiëren.'

'Maar het zag er zo geleerd uit,' jammerde ik.

'Je bent al net zo naïef als Dorothea.'

'Wie is Dorothea?'

'Lees *Middlemarch*.' Het antwoord kwam als een kogel uit haar machinegeweer.

En zo verschrompelde voor mijn ogen de hele grandeur van een dissertatie. Hetzelfde gebeurde met het ijdele stadje en zijn bedrieglijke, zelfgenoegzame of haatdragende inwoners. Cambridge werd een marktplaatsje van provinciale proporties met een matig theater, te weinig bioscopen en te veel schallende burgermansstemmen.

Maar een andere verandering was begonnen. Ik had de uitdaging van de germaniste, onbepaald, onnauwkeurig, onverwoord, aangenomen; en zij stond als een beeld van de wind aan de rand van de haven, waar het kalme water de bevende zee ontmoet. Ze zond me op een avontuurlijke tocht. Ik ging geen kleingeestig, kritisch studietje schrijven over een groot schrijver. Ik ging niet in de Zaal Zeldzame Boeken ingetrapte open deuren voor zoete koek zitten slikken. Ik ging op reis, ver voorbij het vochtige strand van voetnoten en appendices. Ik herlas het werk van Paul Michel, ademloos van opwinding. Ik prikte een enorme poster aan de keukenmuur, zodat zijn gezicht, onverstoorbaar, zonder glimlach, uit de hoogte, neerkeek op ons gekook. Mike dacht dat ik gek aan het worden was. Hij legde de schuld bij de germaniste. Maar zij was de brede deining onder mij, de buitengewone energie zelf, voor al mijn ondernemingen. Ze werd zachter, handelbaarder. Ze begon een paar minuten langer naar mijn geklaag te luisteren dan gewoonlijk, alvorens mijn kop eraf te bijten. Eén keer merkte ik dat ze naar me zat te staren, peinzend, vredig, alsof ik een schilderij was dat ze net had voltooid.

Dat moment koos ik om haar naar Foucault te vragen. Ze was te direct voor huichelarij, dus waagde ik het de vraag te stellen die maanden door mijn hoofd had gespookt. Wat, naar haar opinie, was het belang van Foucault voor een man als Paul Michel? Ik probeerde nonchalant te klinken, onverschillig. Ze stak nog een sigaret op en maakte het zich gemakkelijk in haar rode kamer.

'Ik heb toch gesuggereerd dat hij als een vader was? Ik heb daarover nagedacht. Dat is in bepaalde opzichten ook zo. Ze verschillen bijna twintig jaar. Voor Paul Michel was Foucault de belangrijkste radicale denker van zijn tijd. Hij behoorde tot de generatie die Sartre verwierp. Hij en zijn generatiegenoten waren tegen de waarden van een goddeloos liberaal humanisme. Ze waren extremer. Maar het oedipale model werkt niet echt, hè? Paul Michel heeft Foucault nooit benijd; hij is nooit de boeman geweest die moest worden benijd en vermoord. Hij was de beminde, de onzichtbare lezer die het hof moest worden gemaakt. Volgens mij heeft Paul Michel elk boek voor Foucault geschreven. Voor hem en tegen hem.'

Ik staarde haar aan. Ze had nagedacht over de centrale vragen van mijn onderzoek. Ze had me gevolgd, stap voor stap.

'Elke schrijver heeft een muze,' zei de germaniste langzaam, 'hoe anti-romantisch hij ook is. Voor de onverbeterlijk saaie schrijver is de muze een vrouw die hij in zijn hoofd heeft opgekookt, als een voodoopop op een voetstuk heeft geplaatst en vervolgens belaagd met illusics, obsessies en fantasieën. Paul Michel was niet zo. Hij wilde iemand die echt was; iemand die hem uitdaagde, maar wiens hartstochten hij kon delen. Hij werd verliefd op Foucault. Het is absoluut essentieel dat je verliefd wordt op je muze. Voor de meeste schrijvers zijn de beminde lezer en de muze een en dezelfde persoon. Zo hoort het tenminste.'

Ze zweeg.

'In het geval van Paul Michel bleek die noodzakelijke liefde fataal te zijn.'

'Hoezo?'

'Hij zit toch in een inrichting, of niet dan?'

Ik begreep haar niet en mijn gezicht moet dat verraden hebben.

'Wees niet zo stompzinnig. Foucault was dood. Voor Paul Michel betekende dat zijn einde als schrijver. Zijn lezer was dood. Daarom viel hij die grafstenen juist aan. Om zijn werk weer op te delven, uit het graf. Waarom de moeite nemen te bestaan als je lezer dood is? Hij had niets te verliezen.'

Ik liet een sceptisch gefluit horen.

'Hoe weet je dat allemaal? Dat zuig je allemaal uit je duim.'

Ze keek me onverstoorbaar aan.

'O ja? Ga naar Parijs. Zoek Paul Michel op en vraag het hem.'

Begin juli was er een hittegolf. De jongens die ijs en ge-koelde drankjes verkochten werden miljonair. Ik kocht mijn kaartje voor Parijs en reserveerde een kamer in een van de studentenflats bij de Porte d'Orléans. Op de eerste zondagmorgen van juli was het in de tuin om tien uur al meer dan dertig graden. Ik was bij haar blijven slapen en we lagen loom op de vloer van haar kamer, sinaasappel-sap met ijsblokjes te drinken en in kranten te staren. Ik vertelde haar wanneer ik zou vertrekken. Ik zou minstens twee maanden weg blijven. Ze knikte eenvoudig en ging verder met het lezen van de recensies.

'Zul je me missen?' Ik klonk wanhopiger en jengeliger dan ik bedoeld had.

'Ja,' zei ze, zonder op te kijken.

Ik ging zitten, mijn reactie inslikkend. Ze draaide zich om en staarde me aan. Ik had nooit iets gezegd over haar onverwachte verklaring. Zij evenmin.

Sommige minnaars babbelen als oude vrienden wan-neer ze de liefde bedrijven, houden elkaar op de hoogte, alsof ze samen op huizenjacht zijn en net een zoekop-dracht aan een makelaar hebben gegeven. Voor anderen is de liefde hun taal; hun lichaam uit zich in werkwoorden en bijvoeglijke naamwoorden. Voor ons was het een con-junctie der geesten en een oppositie der sterren. Ze her-schiep mij, woordeloos, tot een massa sensaties, ze loste me op, als een symfonie, in een crescendo van majeur-akkoorden. Maar ze vertelde me nooit hoe ze zich voelde, noch vroeg ze ooit mijn mening, of informeerde ze ooit naar mijn verlangens. Ze aanschouwde zichzelf, en mij, van een verschrikkelijke afstand waar niet aan te tornen viel.

'Wat is er?' vroeg ze kordaat.

'Niks. Alleen… nou ja, ik zal je vreselijk missen.'

'Dat is goed.' Ze straalde, maar deed er verder het zwij-gen toe. Toen zei ze: 'Luister, je hebt iets heel belangrijks te doen. Niets mag je afleiden. Ik heb een paar dingen ge-regeld. Je vliegt donderdag naar Parijs. Goed… nou, morgenavond gaan we naar Londen. We logeren bij mijn vader. Daar is ook een vriend van hem aan wie je veel zult hebben. Iemand die je moet ontmoeten.'

Ik voelde me net een spion die orders in ontvangst nam voor een operatie in het buitenland. Ik raakte een beetje in paniek.

'Hoe moet ik Paul Michel nou vinden? Het is waanzin, allemaal.'

'We beginnen met het artikel. Alle telefoonboeken voor Parijs bevinden zich in de cataloguszaal van de universiteit. We gaan het ziekenhuis morgen bellen.'

De cataloguszaal was een enorme, sierlijke, langwerpige ruimte, als een mausoleum uit de jaren dertig. Het was een massa verstilde lucht, die stonk naar bevingerde boeken en tapijtreiniger. Ik dacht dat de telefoonboeken wel op microfiche zouden staan, maar dat was niet het geval. Daar stonden ze, rij na rij dikke gele pillen, begraven in de afdeling Frans, met alle openbare nummers. We zochten Sainte-Anne op onder de 'H' en vonden een hele bladzij nummers van alle klinieken, behalve psychiatrie. We schreven het nummer van de centrale receptie op. De telefoonboeken lieten een boosaardige dreun horen toen we ze op hun plek terugzetten. De germaniste trok aan mijn arm.

'Kom mee naar beneden,' fluisterde ze.

We drongen de telefooncel onder aan de trap binnen. Ze haalde een stuk of twaalf munten van een pond te voorschijn. Ik werd opeens ontzettend draaierig. Ze toetste 010.33.1.45.-65.80.00 in zonder op het afgescheurde strookje papier te kijken, en zonder te aarzelen over toegangsnummer of landnummer, alsof het een nummer was dat ze al kende. Ze gaf de hoorn aan mij, net op tijd om een gelijkmatige Franse stem te horen verklaren dat ik de centrale van het ziekenhuis aan de lijn had. Ik vroeg naar de afdeling psychiatrie. 'Ne quittez pas,' zei ze. De telefoon slikte één munt door terwijl ik wachtte. De germaniste, die haar oor tegen de hoorn gedrukt hield, stopte er kalm nog een goudstuk in. Een andere vrouw kwam aan de lijn. Ik stortte mij erop. Ik vroeg naar 'l'écrivain Paul Michel'.

'C'est qui à l'appareil?' De stem was argwanend.

'Ik ben student,' bekende ik, 'ik schrijf een dissertatie over Paul Michel.' De germaniste gaf me een schop in mijn dij.

'Niet alles verklappen,' fluisterde ze.

'Het spijt me zeer,' snauwde de Franse stem. 'Ik ben niet in staat wat voor vragen dan ook te beantwoorden. Legt u al uw vragen alstublieft voor aan zijn zaakwaarnemer.'

'Wie is dat?' vroeg ik zielig.

Ze hing op.

De germaniste was triomfantelijk. Ik begreep haar vreugdedans niet.

'We weten alles wat we weten moeten,' zei ze. 'Hij zit daar. Zo niet dan zou ze dat gezegd hebben. En ze laten niemand met hem spreken. Het enige wat je hoeft te doen is binnen zien te komen.'

'Misschien is dat helemaal niet zo makkelijk. Stel dat ze me niet binnen laten?'

'Nu moet je uitzoeken wie zijn zaakwaarnemer is. En je moet zijn vader bellen. Hoe heet zijn vader?'

'Michel. Hoe anders? Hij woont in Toulouse.'

Maar er stonden drie bladzijden met Michels in het telefoonboek van Toulouse.

'Geeft niet,' zei ze, 'als je daar bent, zul je zien dat het makkelijker wordt.'

Ik was er niet zo zeker van.

We belden haar vader vanaf Liverpool Station. Ik kon zijn stem horen, hij kwam luid en duidelijk door, alsof hij buikspreker was.

'Neem een taxi, snoepje. Krijg je tien pond als je hier bent.'

'Onzin, pa. We nemen de ondergrondse.'

'Jij mengt je graag onder het gewone volk, hè? Doe wat je niet laten kunt. De Chablis staat in de koeler en ik bereid een stormachtig maal voor mijn favoriete meisje. Kom naar huis. Ik hoop dat je hart nog bij je papa ligt.'

'Schei uit, spetter,' giechelde ze.

Hij plaagde haar met elk insinuerend cliché dat ooit was geschreven. Ze glansde als een natte steen onder de golfslag van zijn liefde. Het waren net twee boksers, sparring partners, dansend, provocerend, elkaars bereik uittestend. Ik leunde tegen de telefooncel en koesterde een jaloerse erectie.

Toen we in Hampstead met de lift naar boven gingen leunde ze met haar rug tegen het antieke traliehek en deed haar ogen dicht. Haar gezicht leek opeens wit, broos, kinderlijk. Ik staarde naar haar bleke huid, haar schriele lichaam en haar blote armen, die al rood werden van de hitte.

'Alles goed?' Ik leunde mijn kin op haar schouder.

'Ja. Alleen is mijn baarmoeder onder in de schacht blijven liggen,' zei ze.

Ik deinsde achteruit, geschrokken, en gluurde naar de enige andere passagier in de lift, een jonge zwarte op rammelende rolschaatsen met een groen honkbalpetje achterstevoren op zijn hoofd. Zijn walkman dreunde zachtjes in de holle ruimte. Hij staarde naar haar. Toen de lift boven aankwam sloeg ze haar ogen op. En van achter haar bril richtte ze haar ogen, groot, grijsblauw, beschuldigend, op de zwarte man. De lift braakte ons uit op de straat. Ze glimlachte, haar brede, ongeremde grijns. Hij glimlachte terug en ze sloegen elkaar in de handen als maatjes in het getto, leden van eenzelfde gang. Hij rolschaatste weg de heuvel af.

'Ken je hem?'

'Nee.'

Ik gaf het op.

Het huis was een en al verticalen: hoge ramen, perpendiculaire boekenkasten, een duizelingwekkende trap met een steile, zich krommende leuning, een verlengde paraplubak die een hoge, gotische spiegel omlijstte. Ze had ons binnengelaten met haar eigen sleutel en riep nu langs de trap naar boven. Ik had de indruk dat haar stem verder en verder oprees in de geurige hoogten. Ik rook laurierblad, kaneel, rode wijn, wintergeuren in een zomerseizoen.

De Bank of England zwaaide de trap af als een figurant op de set van *Billy Budd* en tilde ons beiden op, ieder in een arm.

'Mes enfants,' riep hij en kuste wat binnen zijn bereik kwam.

'Knappe jonge schavuit dat je d'r bent,' lachte hij en klopte me op een wang. 'Ik ben net zo gek van jou als zij is. Kom mee naar boven. Jacques is er ook en hij kan niet wachten om over ziektes te praten. Daar heeft hij iets mee, weet je,' vertrouwde hij mij toe, 'gekken en moordenaars. Nou ja, 't is maar net wat je lekker vindt. Ik ben heel liberaal.'

De keuken en woonkamer namen de hele verdieping in beslag en waren in dezelfde mengeling van warme rode tinten gehouden als haar zit-slaapkamer. Een gigantisch Afrikaans tapijt bedekte één hele wand. In een hoek stond een kolossale muziekmachine die eruitzag of hij was gestolen van Jean-Michel Jarre, met speakers als verticale zwarte grafstenen. Gelukkig stond het ding niet aan. Opgerold op de caramelkleurige bank, te midden van een massa rode en oranje kussens, zat de langste man die ik ooit gezien had. Hij ontrolde zich tot meer dan twee meter en bukte zich om ons de hand te schudden.

'Aangenaam. Ik ben Jacques Martel.'

Zijn haar was grijs, maar zijn leeftijd was niet te bepalen. Zijn gezicht liep uit in een punt als dat van een wezel, en toen hij glimlachte, verschenen twee lange lijnen aan weerskanten van een sinistere, professionele grimas. Zijn adem rook naar alcohol en sigaretten. Hij stond zo dicht voor me dat ik zijn tanden wel moest opmerken. Ze waren allemaal bijgevijld, puntig als haaietanden.

Hij kuste de germaniste en zei mild: 'Alors, ma fille... Comment vas-tu?'

Toen nam hij weer plaats om mij aan te staren. Ik staarde terug, onbehaaglijk en geïntrigeerd, me afvragend waar ik mijn handen moest laten. De Bank of England organiseerde geslepen kristallen glazen, whisky en pinda's en sleepte toen zijn dochter mee om hem aan te moedigen te midden van zijn specerijen en soufflés. Twee enorme dubbele deuren ontsloten de keuken en ik hoorde haar zeggen: 'Ik heb geen idee, pa. Wat staat er in Delia Smith? Als je mij nou eens de vinaigrette liet maken?' De roofzuchtige spiraal op de bank was uitgestaard en begon vragen te stellen. Zijn Engels was foutloos, zonder zweem van een accent. Ik vond dat hoogst opmerkelijk, aangezien Fransen zich bijna altijd verraden door hun intonatie.

'Dus... Ik heb gehoord dat je aan Paul Michel werkt? Dat was een tragisch geval. Ik heb hem ontmoet. Verscheidene keren zelfs. Ik heb hem nooit behandeld. Maar een van mijn collega's was voor hem verantwoordelijk in de beginstadia. De kwestie veroorzaakte een schandaal indertijd. Het leek wel een nationaal debat. En er kwam een aardige hoeveelheid protest van zijn vrienden bij *Gai Pied Hebdo*. Een van de redacteuren suggereerde dat wij probeerden hem van zijn homoseksualiteit te genezen. Dat was onzin. Werkelijk. Hij was stapelgek. Een typisch voorbeeld van zijn ziekte in een aantal opzichten.'

'In het artikel dat ik heb gelezen stond dat hij aan paranoïde schizofrenie leed. Kun je daar zo plotseling last van krijgen?'

De psychiater lachte.

'Nee, nee. Tenminste volgens mij niet.' Hij aarzelde. Toen begon hij het uit te leggen.

'Het komt maar heel zelden voor dat je twee schizofrenen vindt die op elkaar lijken. De symptomen lopen enorm uiteen. Paul Michel was zeer gestoord, zeer gewelddadig. Dat is niet ongebruikelijk. Maar meestal betreft het willekeurig geweld. Het zijn geen moordenaars.

Ze leggen het er niet op aan om iemand te vermoorden, ze plannen het niet van tevoren. Dat komt zelden voor. Wanneer ze in een crisis verkeren, kunnen ze spelen dat er een soort verbintenis ontstaat met iemand die hen na staat, in liefde of in haat, een van tweeën. Ze kunnen dan verliefd op je worden. Ze kunnen je zelfs in hun armen nemen met een hartstocht – met een tederheid die ontstellend is. Maar ze zijn ook in staat je te vermoorden. Het is een verschrikkelijke ziekte. Ik ben zo'n arts die vindt dat het een ziekte is. Je hebt er geen idee van hoe ze lijden. Ik kan me Paul Michel nog herinneren, heel in het begin. Hij was een zeer knappe man. Dat weet je. Nou, zijn pupillen waren gigantisch die avond dat ze hem naar het Sainte-Anne brachten. Ik had dienst. In een crisis kan de pupil het hele oog overnemen. Hij was zich volslagen onbewust van wat hij deed. Hij was zeer gewelddadig, bezeten door een buitengewone kracht – volkomen krankzinnig.'

'En eh... sluiten jullie ze ook op?' Ik stopte even. 'Of binden jullie ze vast?'

Ik had een griezelig gevoel, alsof Paul Michel, als een plotseling opgestoken droge wind, dichter en dichter bij kwam. Jacques Martel bood me een sigaret aan. Hij zweeg en we rookten een ogenblik in stilte. Toen zei hij: 'Nou, toen ik in de psychiatrie begon, meer dan twintig jaar geleden, sloten we ze inderdaad op. En we gebruikten daadwerkelijk dwangbuizen. De bedden waren aan de vloer vastgeschroefd. We hadden bewaking op de afdeling. Het was tamelijk hardvochtig. En beangstigend. Het gekkenhuis was geen plezierige plek. Het was benauwend voor personeel zowel als patiënten. We hadden tralies voor alle ramen. Nu gebruiken we medicijnen. Maar uiteindelijk komt het op hetzelfde neer. We noemen ze "neuroleptiques". Ik weet niet precies hoe je dat in het Engels zou moeten zeggen. De medicijnen trekken een dwangbuis rond de persoonlijkheid van de schizofreen. De medicijnen verminderen hun lijden, maar maken zombies van ze. En hun persoonlijkheid degenereert. Ik had er een hekel aan om dat te zien gebeuren. Sommige van mijn patiënten waren tientallen jaren bij ons. Van lieverlede verliezen ze al hun verstandelijke vermogens. Uiteindelijk worden het plantjes.' Hij zuchtte. 'Ik geloof dat dat een van de redenen is dat ik verkast ben. Een beetje een andere richting ingeslagen.'

'Wat doet u nu?' vroeg ik gretig.

'Ik werk op de gevangenisafdeling. Ik ben consulterend psychiater in dienst van de overheid. Dus je hebt haar vader goed verstaan. Gekken en moordenaars. Daar heb ik iets mee.' Hij lachte.

'Zijn veel van uw gevangenen gek?'

Ik rook dat in de keuken knoflook werd gebakken.

'Mmmmm. De meesten zijn gestoord. Maar dat is soms het gevolg van opsluiting in de gevangenis.'

'Zijn het allemaal moordenaars?' Het fascineerde me.

'Ik heb met heel wat moordenaars te maken. Maar je moet je daar geen romantische voorstellingen van maken. Moordenaars zijn gewone mensen.' Jacques Martel glimlachte kalmpjes naar me. Ik keek naar de punten van zijn tanden en huiverde. De ijsklontjes tinkelden terwijl ze smolten in mijn whisky. 'Maar om terug te komen op Paul Michel. Het overkwam hem niet plotseling, weet je. Zo gaat het nooit. We weten heel weinig over wat de oorzaken zijn van schizofrenie, maar er zijn patronen. Alle schizofrenen hebben, als een van hun eerste symptomen, wat wij noemen een "bouffée délirante aiguë"...' Zijn Frans klonk opeens als een taal die hij geleerd had en die niet zijn moedertaal was, '...en dat gebeurt wanneer de patiënt negentien, twintig is, zelden na zijn vijfentwintigste.'

'Wat is het? Het klinkt afschuwelijk,' vroeg mijn germaniste. Ze had haar armen om mijn nek geslagen. Ze rook naar uien en azijn.

'Het is een soort storm. Een onweersbui van waanzin. De persoonlijkheid wordt er gewoon door opgepakt. Ze raken buiten zinnen. Ze kunnen gewelddadig worden, obsessief, wild. Maar in het geval van Paul Michel werd zijn krankzinnigheid gerangschikt onder het hoofdje contemporaine politiek. Hij ging uit zijn bol in 1968.'

We lachten allemaal. De Bank of England stond in de deuropening. Hij droeg een fraaie plastic schort met de roze kop van een varken op zijn borst en een enorme gele slogan:

TODAY'S MALE CHAUVINIST PIG IS TOMORROW'S BACON

'Je raadt nooit van wie ik dit voor Kerstmis heb gehad.' Hij maakte een dansje. Zijn dochter pakte zijn hand en pirouetteerde zijn armen in.

'Negentienachtenzestig – pa, denk eens na. Was het niet heel romantisch voor jou en Jacques?'

De psychiater lachte.

'Ah, ja. Zeker. Rellen op de boulevards. En daarna snelden we terug naar mijn flat, in een roes van bier en revolutie, om elkaar suf te neuken.'

Ik voelde het tapijt onder mijn voeten bewegen.

'Dat ging allemaal vanzelf in die dagen,' zei de Bank of England tegen mij bij wijze van uitleg. 'Twee jaar later ontmoette ik haar moeder en dacht, laat ik het eens met een vrouw proberen.'

'Je wist kennelijk aardig de weg,' giechelde ze en ze gaf hem een kus. 'Gelukkig wel. Maar ga door, Jacques. Raak de draad niet kwijt. Wat gebeurde er met Paul Michel? En hoe weet jij daarvan?'

'Het is allemaal in zijn dossier te vinden. Alle rapporten. Het grappige is natuurlijk dat niemand het echt opmerkte toen de revolutie in volle gang was. Hij was wild, tamelijk gewelddadig, dronken, en praatte nonstop. Net als iedereen. Hij viel een politieman aan. Niet ongebruikelijk. Wie deed dat niet? Je vader en ik hielden er een keer een met zijn eigen schild op de grond gedrukt, we gingen er gewoon bovenop zitten. Daarna moesten we wel rennen voor ons leven. Weet je nog?'

Hij keek haar vader aan. Ze wisselden een blik uit en het was op dat moment dat ik me realiseerde dat ze, vijfentwintig jaar na dato, nog altijd geliefden waren, en dat ze hun herinneringen hadden om op te leunen, een veilig, beproefd touw over de afgrond.

'Ik weet het nog,' zei de Bank of England dromerig, zijn dochter in zijn armen wiegend. Er siste iets in de keuken. Ze draaiden zich allebei om en vluchtten weg, zodat ik weer alleen met de psychiater bleef zitten. Hij stak nog een sigaret op.

'Paul Michel was een bijzondere man. Alle schizofrenen zijn bijzonder. Ze zijn niet in staat om lief te hebben. Wist je dat? Om werkelijk lief te hebben. Ze zijn niet zoals wij. Ze zijn meestal heel opmerkzaam. Het is griezelig. Ze hebben een aardse dimensie die boven de banaliteit van gewone mensen uitstijgt. Ze kunnen niet van je houden zoals een ander dat zou doen. Maar ze kunnen van je houden met een liefde die boven menselijke liefde uitstijgt. Ze hebben opwellingen, visioenen, momenten van dramatische klaarheid, inzicht. Ze zijn niet in staat een wrok te koesteren of een wraakoefening te plannen.'

Plotseling keek hij me heel geconcentreerd aan, zijn ogen verwijdden zich.

'Luister,' zei hij, 'naast hen besef ik hoe klein ik ben. Wij zijn van geen belang. *Tellement ils sont grands.*'

We zaten een poosje in stilzwijgen te luisteren naar het sprankelende geraas dat uit de keuken tot ons doordrong. Hij ging verder, met dezelfde merkwaardige intensiteit.

'Het is een slag mensen dat buitensporig egotistisch is. Maar ze staan ook boven egotisme. Het zijn net dieren. Ze weten wie niet van hen houdt. Ze zijn heel intuïtief. En daarin hebben ze altijd gelijk. Ze beschermen zichzelf tegen het kwaad. Instinctief, opzienbarend.'

Hij zweeg. 'Zo is Paul Michel. Het was de bron van zijn werk.'

Ik staarde naar de lijnen in zijn gezicht.

'Je moet het niet vergeten. Ik heb je gewaarschuwd. Ze

kunnen niet liefhebben zoals wij. Je zou tegen een van hen kunnen zeggen – je moeder is dood. En ze zouden niet reageren. Het zou niets betekenen. Zelfs zonder medicijnen.'

'Veranderen de medicijnen hun persoonlijkheid?' vroeg ik beangstigd. Paul Michel leek nu gruwelijk dichtbij, een ambigue, oprijzende, onverschillige aanwezigheid, als een colossus, waarbij ik geen enkel gewicht in de schaal wierp.

'Ja,' zei Jacques Martel zwaar, 'dat doen ze zeker. We passen de dosis aan aan de persoon en aan de ernst van hun ziekte. We bepalen een geregelde dosis. Ze krijgen eens per maand een injectie. Maar na tien of vijftien jaar...'

Hij haalde zijn schouders op.

'Ja. Ze worden getransformeerd. Ze verliezen elk seksueel verlangen, elk gevoel van zichzelf.'

Toen zei hij fel: 'Soms doen ze als hij. Dan weigeren ze de behandeling te ondergaan. Geven ze de voorkeur aan hun lijden.'

Ik haalde diep adem.

'Dan is hij er nog. Wie hij is, bedoel ik. Maar gek.'

Jacques Martel knikte.

'Hij heeft geen wettelijke bevoegdheden. Hij heeft een zaakwaarnemer. Dat systeem noemen ze in Frankrijk "la tutelle". Er is altijd een zaakwaarnemer die namens hem optreedt. Iemand die zijn bezittingen, zijn geld, zijn papieren beheert. Dat gebeurt op vrijwillige basis, "bénévole". Daar hebben ze zelfs een vereniging voor. Het zijn meest mensen met een of andere status in de gemeenschap: priesters, artsen, gepensioneerde schoolmeesters. Ze worden er niet voor betaald. Alleen hun onkosten worden vergoed.'

'Zou ik zijn toestemming moeten hebben? Of de hare, dat kan ook, neem ik aan. Om Paul Michel op te zoeken?' vroeg ik opeens. Het was een geladen moment, al begreep ik niet waarom.

'Nee. Waarom zou je? Hij zit niet in de gevangenis. Dus je gaat hem opzoeken?' De ogen van Jacques Martel lieten mijn gezicht geen moment los. 'Je besluit staat vast?'

'Ik vlieg donderdag naar Parijs.'

Hij liet zijn adem geruisloos ontsnappen.

'Ah... goed,' zei hij. Het was het juiste antwoord.

'Het eten is klaar. Het is verrukkelijk.' De germaniste kwam binnen dansen en omhelsde me. Een van haar krullen bleef aan mijn mond zitten. Ze kuste me en nam haar krul terug.

'Kom, eten,' zei ze.

De tafel was gedekt in rood en wit, als een feestmaal voor een gladiator.

Ze ging met me mee naar Heathrow om me uit te zwaaien. Ik zat naast haar in de metro, een beetje stil en triest, mijn bagage krampachtig tegen me aangedrukt. Mijn ouders hadden gevraagd of ze haar konden ontmoeten. Ze had botweg geweigerd, zonder een reden te geven. Al haar genegenheid, die de afgelopen weken zo bemoedigend en onverwacht was opgeborreld, leek te verdampen. Ze was gespannen, bedachtzaam, alert. Ik keek toe hoe ze met een welgemikte trap van haar laars een bagagewagentje losmaakte uit de lange rij aan elkaar geketende metalen L-vormen, die zich voor de automatische deuren uitstrekte als een hek in de prairie. We slenterden doelloos door de hal, opkijkend naar de monitoren. Mijn vlucht stond al aangekondigd, maar ik kon nog niet aan boord. Bij de incheckbalie stapelde ze mijn tassen behendig op de lopende band. Het was toen dat mij opviel hoe sterk ze was. De smalle schouders en lichte bouw waardoor ze zo broos leek onder haar zwarte jasje en spijkerbroek waren bedrieglijk. Ik staarde naar haar en zag weer helemaal een vreemde. De uilenogen richtten zich op mij.

'Ik ga een beker sinaasappelsap voor je kopen,' zei ze. 'Het is warm. Vers sap is beter dan chemicaliën.'

En weg schreed ze.

Net toen mijn vlucht werd afgeroepen draaide ze zich naar mij en pakte mijn hand.

'Het zijn maar twee maanden,' zei ik, 'twee en nog wat.' Maar ik zei het om mezelf op te beuren. Ik was er inmiddels helemaal van overtuigd dat het haar niets had kunnen schelen als ik nooit meer terugkwam. 'Ik zal schrijven. Jij ook?'

'Ja, natuurlijk zal ik je schrijven. Succes. En verlies niet uit het oog waarvoor je naar Parijs gaat. Beloof me dat.'

Als een reusachtige vogel met een wit gezicht doemde ze voor me op, haar ogen uitvergroot in gouden rand.

'Ik beloof het.'

Ze kuste me één keer, niet op mijn lippen, maar in mijn hals, vlak onder mijn oor. Een lange siddering trok door me heen, alsof ik gekrabd was. Toen nam ze mijn arm en leidde me naar de glimmende omlijsting van de metaaldetector. Toen ik de drempel overstapte naar Departures ving ik één laatste glimp van haar op. Ze glimlachte niet, ze keek alleen. Ze zwaaide niet eens. Ze keek me gewoon na. Ik ging op een plastic stoel zitten en huilde twintig minuten lang in stilte, als een diepbedroefd kind.

PARIJS

MIJN HERINNERINGEN AAN DIE EERSTE DAGEN IN PA-
rijs zijn als een reeks postmoderne foto's. Ik zie de
versierde metalen traliewerkjes aan de voet van de bomen
die de boulevards omzomen. Ik zie de assen van de stad
die zich uitstrekken in één schitterende lijn van gesnoeide
bomen en indrukwekkende symmetrische gebouwen. Ik
ruik het water dat door de goten kolkt, hoor het ritmisch
ruisen van de plastic bezems, die de vorm hebben van rijs-
bezems, wanneer de stadsschoonmakers langskomen in
hun helder groene uniform. De straten stonken naar Gau-
loises en urine. Ik leefde op pizza en Coca Cola. Ik trapte
in hondenpoep en sigarettenpeuken.

Mijn kamer lag op de vijfde verdieping van een studentenflat in het elfde arrondissement. Hij had gescheurde
crèmewitte muren en een vlekkerige wastafel. Het kots-
groene zeil was nauwgezet gefolterd met brandende sigaretten. Het stonk er naar muffe sportschoenen en bleekmiddelen. Ik verzamelde al mijn boeken, papieren en
moed en ging naar buiten om mijn goede geld te verspillen
aan een poster en een plant die mij van zelfmoord moesten
weerhouden. Aan het andere eind van de gang was een
Amerikaanse zomerschool uit Texas geïnstalleerd. Beide
seksen waren vertegenwoordigd, maar ze zagen er allemaal uit als klonen: massief, blond, bruinverbrand en opgewekt.

Op zondagochtend liep ik dwars door de Marais, waar
ik door de ruiten van ongelooflijk dure antiekzaken naar
binnen gluurde, en kwam uit op de Rue de Rivoli. Ik zag
de zon lange rechte lijnen op de grijze stenen maken, ik
zag obers in witte schorten tot op de grond de bars uitve-
gen en de stoelen van de tafeltjes tillen. Sommige winkels
waren open, shirts en goedkope sieraden lagen uitgestald

op de trottoirs. Ik baande me een weg langs een massa lege vogelkooien. In het raam zwom een vloot tropische vissen treurig rond in een verlicht bassin, zwevend in zuilen van belletjes. Ze staarden stompzinnig door het dikke glas naar buiten. Ik staarde terug, evenzeer in de val gelopen, en al even betreurenswaardig. Ik had geen idee waar ik heenging. Het werd drukker en warmer. Om tien uur was het onder de luifels al bijna dertig graden.

Ik stak over naar een wit blok van zonlicht, passeerde de gehavende schutting langs een bouwput en stond opeens voor de glinsterende zwarte driehoeken van de Piramides op het plein voor het Louvre. Alle afval was zorgvuldig van het grind geprikt. Toeristen tuurden naar de ondergrondse ruimtes. De nieuwe ingang was nog niet klaar geweest toen ik de laatste keer in Parijs was. Ik staarde naar de sinistere, puntige vormen. Toen ik voor de grootste van de piramides bleef staan, begon de vorm opeens zin te krijgen, de vaste vorm aan te nemen van mijn belofte aan haar. Ik stond voor een prisma dat gemaskeerd bleef en het licht weerspiegelde in plaats van brak. Voor mijn voeten grepen twee driehoeken ineen. Het was op dat moment dat ik de merkwaardige sensatie had dat mij iets getoond werd, uitgelegd werd, maar dat ik de code nog niet kon kraken, dat ik die blinde, platte vlakken nog op geen enkele manier kon begrijpen. Het was of ik voor het eerst een nieuwe taal geschreven zag worden. Ik stond naar een teken te kijken dat zijn betekenis niet wilde prijsgeven. Ik herinner mij dat omdat het me indertijd griezelig voorkwam.

Ik draaide me om en liep naar de Seine.

Twee clochards zaten op de trap, en hielden een volle fles wijn die tussen hen in stond angstvallig te zamen omklemd. Ze waren in een zeer ernstig gesprek verwikkeld. Toen ik voorzichtig langs hen heen naar beneden liep, lieten ze een gedempt gekreun horen. Ik draaide me om en keek hen in het gezicht. Een van hen was, ondanks zijn rode, bezorgde voorhoofd, duidelijk een jongeman; hij was niet veel ouder dan ik. Ze staarden terug. Ik liep weg over de warme stenen, turend in het grijze water, speurend naar een lege plek in de schaduw. Hoog boven mij vloog het verkeer voorbij. Uiteindelijk vond ik een hoek op het eiland, met uitzicht op de Pont des Arts, die weer geopend was, opgeknapt en opnieuw in de verf gezet. Vlak naast de plek waar ik mij klein maakte in de schaduw van wuivend groen, legde de zon een dikke laag fel wit licht op het plaveisel. Ik ging Paul Michel zitten lezen.

Ik weet niet of het de hitte was, de eenzaamheid, de vreemde sensatie om alleen met hem te zijn in die enorme, van toeristen vergeven stad, of het merkwaardige besef te zijn uitverkoren om redenen die ik niet begreep, maar die dag hoorde ik, voor het eerst, de schrijver die er nog was, helemaal over die grote woestijn van zijn waanzin heen, dwars door de terughoudende sereniteit van zijn proza heen. Ik hoorde een stem, volmaakt begrijpelijk en helder, die angstaanjagende dingen fluisterde.

Paul Michel had een leven vol risico's geleid. Hij had nooit bezittingen gehad. Hij had nooit fatsoenlijk werk gehad. Hij woonde in kleine kamertjes en hoge gebouwen. Hij speurde door de straten, de cafés, de bars, de parken van Parijs: langs waterwegen, onder autowegen, bij de rivier, in bibliotheken, galerieën, urinoirs. Hij verkaste voortdurend van kamer naar kamer, een eindeloze, onafgebroken stroom adressen. Hij bezat heel weinig boeken. Hij leefde uit de koffer. Hij rookte bijna vijftig sigaretten op een dag. Hij reed niet in auto's maar in wrakken. Als het ene het begaf kocht hij een ander dat net zo uitgewoond was. Elke franc die hij verdiende, kwam van zijn boeken. Hij spaarde nooit één cent. Hij investeerde in niets. Hij had geen intieme vrienden. Hij zocht zijn ouders nooit op. Hij gaf al zijn geld uit in bars en aan jongens. Af en toe hoereerde hij zelf, kwam op straat een prijs overeen, deed precies waar hij voor betaald was en smeet de man die voor seks had betaald zijn geld weer in het gezicht. Hij provoceerde. Hij raakte bij vechtpartijen betrokken. Hij lokte vechtpartijen uit. Eén keer stak hij

een vriend neer, maar hij ging vrijuit. Hij werd gearresteerd wegens openbare dronkenschap en gewelddadig gedrag. Hij bracht vier nachten in de gevangenis door. Hij
vloekte een presentator op televisie uit en bedreigde vervolgens een van zijn cameramannen. Hij sloeg uitnodigingen
voor literaire soirées op het Elysée af. Hij had helemaal
niets met vrouwen, maar sprak zich ook nooit tegen hen
uit. Voor zover ik het kon beoordelen had hij nooit van
iemand gehouden. Maar elke zomer ging hij terug naar
de Midi. Hij bracht de dagen door met lezen en schrijven,
onophoudelijk schrijven, versie na versie na versie. Hij liet
zijn boeken uittypen op een bureau dat scripties, dissertaties en ongeregeld werk verzorgde. Daarna vernietigde hij
al zijn manuscripten. Zijn proza was ironisch, aan niets of
niemand verplicht, afstandelijk. Hij keek naar de wereld
als naar een drama dat continu werd opgevoerd, zich eindeloos ontvouwde, scène na scène. Hij was nergens bang
voor. Hij leidde een leven vol risico's.

Ik had nooit in mijn hele leven één enkel risico genomen. Maar nu deed ik het gevaarlijkste dat ik ooit gedaan
had. Ik luisterde, en luisterde nauwlettend, naar Paul Michel. Achter zijn werk, door zijn werk, en voor het eerst,
hoorde ik zijn stem. Ik was verschrikkelijk bang.

Op maandagochtend, versuft en lichtelijk verbrand,
meldde ik me voor mijn taak in het Archief. Ik voelde
me gerustgesteld bij de gedachte dat er in een universi-
teitsarchief uiteindelijk niks kon gebeuren. Van serieuze
bewaking bij de ingang was geen sprake. De conciërge
staarde me nors aan, luisterde naar mijn aarzelende verklaring en gebaarde naar een eindeloze groene gang, iets
mompelend over 'inscription des étrangers... gauche'.
Het Archief was tijdelijk ondergebracht in drie zalen,
weggestopt in de losstaande gebouwen achter de klassieke
symmetrie van de universiteitsbibliotheek tegenover het
Panthéon. Het was pas geverfd en rook naar de spreekka-
mer van een tandarts, antiseptische roomkleuren en beige.
De leeskamer had nieuwe, onbevlekte, vurehouten tafels

en groene tafellampen. Ik zag een jonge vrouw zitten, omringd door dozen. Inkt en ballpoints waren verboden. De puntenslijper zat aan haar bureau vast. Ze keek me aan vol argwaan en afkeer.

'Oui?'

Ik begon me in aarzelend Frans te verontschuldigen voor mijn bestaan.

De archiviste was van onbestemde leeftijd en zeer agressief, haar boosaardige gelaat dekkend geverfd, elke trek benadrukt met lipstick, eyeliner en een gezichtsmasker, met oranje schaduwen. Mijn oog viel op de rode klauwen aan het eind van haar vingers, balancerend boven het toetsenbord.

'Hebt u een aanbevelingsbrief?' snauwde ze.

Mijn promotor had me gewaarschuwd. Ik had er zelfs twee: één in elegant, bijna literair Frans van mijn promotor op briefpapier van Pembroke College. De andere van de faculteit moderne talen, die in het Engels verklaarde waarom ik van het archief gebruik moest maken. De brief van het faculteitsbureau had meer officiële stempels en was duidelijk geloofwaardiger. Maar één afschuwelijk ogenblik lang leek het erop of beide ontoereikend zouden zijn. Ze liet me plaatsnemen om te wachten, en naar verse verf en blinde muren te staren, terwijl zij mijn geloofsbrieven aan haar chef ging voorleggen. Ik doorstond de consumententest binnen vijf minuten en zat al gauw naast een Amerikaan, die eruitzag als een directeur van een reclamebureau, op een microfiche te turen. Het was makkelijk zoeken. Slechts één doos in de catalogus stond geregistreerd op naam van Paul Michel. En er was slechts één stukje aanvullende informatie.

Brieven aan Michel Foucault: filosoof 1926-1984
Zie FOUCAULT, M.

Ik vulde het strookje papier in en gaf het terug aan het nu uitdrukkingsloze beschilderde gezicht.

Onmiddellijk was er een ander obstakel.

'Deze brieven zijn gereserveerd,' zei ze. 'Ik geloof niet dat u ze kunt inzien.'

'Gereserveerd?'

'Ja. Er is een andere academicus mee aan het werk. De brieven zijn niet beschikbaar om geraadpleegd te worden.'

'Is hij – of zij – er op dit moment mee bezig?'

'Ze zijn gereserveerd voor publicatie,' siste ze me toe.

Ik werd opeens obstinaat.

'Maar ik wil ze alleen maar lezen.'

'Ik zal het moeten checken.'

Ze verdween weer. Ik ging woedend zitten. Ik was helemaal naar Parijs gekomen om die brieven te lezen. Ik wierp een boze blik op de onschuldige reclameman uit de States, die zich zo te zien noch met Foucault noch met Michel inliet. Eindelijk kwam de archiviste terug. Ze herhaalde een formule.

'De brieven in kwestie zijn aangekocht voor publicatie door de Harvard University Press. Alle rechten voorbehouden. U mag de manuscripten lezen, maar enige passage eruit fotograferen, fotokopiëren of reproduceren is verboden. U zal gevraagd worden een belofte van die strekking te tekenen. Bovendien moet u een gedetailleerde verklaring opstellen omtrent uw redenen om die manuscripten te willen lezen en het gebruik dat u van plan bent te maken van de informatie die zij bevatten. Elke publicatie, inclusief samenvattingen, excerpten of gedetailleerde commentaren in welke vorm dan ook, is verboden. De verklaring zal samen met uw naam, status en het adres van uw instituut worden doorgezonden naar de copyrighthouders. De verklaring heeft rechtsgeldigheid.'

Ik knikte, ontzet.

'Ga naar de leeszaal en zoek een plek.'

Ik sleep mijn potloden zeer, zeer zorgvuldig terwijl zij boven me uittorende. Ik nam er alle tijd van de wereld voor. Vervolgens maakte ik aanstootgevend beleefd een buiging. Ik was teruggekomen van nul-vijftien naar vijftien-beiden.

De doos was groot, bruin, geniet in de hoeken. Er stonden dezelfde titel en verwijzingsnummers op die ik ook op het microfiche had zien staan. Met tintelende vingers maakte ik hem open.

Elke brief zat in een verzegeld, doorzichtig plastic hoesje, maar dat kon je openmaken om het papier zelf aan te raken. De vroegste brieven dateerden van mei 1980 en de laatste was geschreven op 20 juni 1984. Ze waren geschreven met regelmatige tussenpozen van een maand tot zes weken. Ik tuurde naar het handschrift – groot, snel en veelvuldig onleesbaar. Paul Michel had geschreven op vellen typepapier formaat A-4 waarvan er maar een paar opgevouwen waren geweest. De meeste brieven hadden geen enkele vouw. Iemand had de brieven geordend en elk had een nummer en een stempel dat beduidde dat hij was toevertrouwd aan de zorgen van de Universiteit van Parijs VII Literair Archief, maar dat hij in laatste instantie staatseigendom was. Er zaten geen getypte index, geen inhoudsopgave en geen begeleidende samenvattingen bij. Ik had zijn brieven voor me, zonder tussenpersoon, rauw, obscuur. Ik schudde voorzichtig mijn hoofd en probeerde te lezen.

Ik begreep er niets van.

Elke brief was zorgvuldig gedateerd met de dag, het jaartal. Soms stond er een Parijse plaatsaanduiding bij, St Germain, rue de la Roquette, rue de Poitou, Bastille, maar zelden een nummer of precies adres. Ik kreeg het gevoel dat ik luisterde naar een privé-gesprek en dat ik maar één kant van de ontmoeting hoorde. Aanvankelijk was het allemaal betekenisloos, een intimiteit die al haar geheimen bewaarde. De brieven hadden allemaal ongeveer dezelfde lengte, vier à zes A-viertjes. Ze waren buitengewoon moeilijk te ontcijferen. Aanvankelijk kon ik maar twee of drie woorden per regel onderscheiden, maar toen, langzaam, langzaam, begon Paul Michel weer te spreken. Alleen sprak hij deze keer niet tot mij.

Cher Maître,

Dank voor uw genereuze commentaar op *Midi*. Ja, het was een persoonlijker boek en het zal derhalve geen prijzen winnen. In zekere zin ben ik daar dankbaar voor. Hen die ons literair establishment de mond wenst te snoeren smoort zij met de Prix Goncourt. Het was als een kussen over mijn gezicht. Ik ben teruggekeerd naar mijn zelfgekozen weg. Ik was ook blij verrast dat de episode met de jongen op het strand u was opgevallen. Ik wist dat ik een risico nam. Het publiek wordt hysterisch bij de geringste hint van wat gelezen zou kunnen worden als pedofilie. Hun grootste angsten realiteit: alle Franse stranden bevolkt door roofzuchtige homoseksuelen die het voorzien hebben op kleine jongetjes om die van hun onschuld te beroven. De heteroseksuelen lappen zulks ongestraft – denk aan Colette. Maar slechts één blad omschreef het incident als walgelijk. En wat de Amerikanen aangaat – nou ja, die verwachten niet anders van de Fransen. Ik heb voor de vertaling geen woord hoeven te schrappen. Misschien had ik mijn verteller moeten straffen door hem te vermoorden zoals Thomas Mann doet met Aschenbach. Gewoon om ze te sterken in hun bekrompen burgerzeden. Had ik u verteld dat het op een echt incident is gebaseerd? Ik zal het hele verhaal een andere keer vertellen; het was onvergetelijk, bizar. Niets wat ik geschreven heb, is autobiografisch. Of althans niet in de strikte zin des woords, want uiteraard is elk woord doordrongen van mijn preoccupaties, mijn interesses. Soms krijgt een figuur, een gezicht, een stem, een landschap een gestalte in mijn hoofd, neemt intrek in mijn geheugen, en eist op papier een nieuwe vorm. Zo is het gegaan met het kind op het strand.

Ik heb nooit naar een Muze hoeven zoeken.

Gewoonlijk is de Muze een hoop narcistische nonsens in vrouwelijke gedaante. Of althans dat is wat uit de poëzie van de meeste mannen naar voren komt. Ik heb liever een democratische versie van de Muze, een kameraad, een vriend, een reisgezel, schouder aan schouder, iemand om de kosten van deze lange, pijnlijke reis te delen. Op die manier fungeert de Muze nu eens als collaborateur, dan weer als antagonist, is hij nu eens als jij, en staat dan weer tegenover je. Ben ik te idealistisch?

Voor mij is de Muze de andere stem. Het geschreeuw dat elke schrijver gedwongen wordt te verduren, lost uiteindelijk altijd in twee stemmen op; de hartstochtelijk schreeuwende stem, geladen met de hopeloze kracht van zijn eigen idealisme – dat is de stem van vuur, lucht – en de andere stem. Dat is de stem die is neergeschreven met de linkerhand – aarde, water, realisme, verstand, nut. Zodat er altijd twee stemmen zijn, de veilige stem en de gevaarlijke stem. De stem die de risico's neemt en de stem die de risico's afweegt. De gelovige die tegen de atheïst praat, de cynicus die zich tot de liefde richt. Maar de schrijver en de Muze behoren in staat te zijn van plaats te wisselen, om met beide stemmen te spreken zodat de tekst schuift, smelt, van hand verwisselt. De stemmen behoren niemand toe. Ze zijn onverschillig jegens wie spreekt. Zij zijn de bron van het schrijven. En ja, natuurlijk is de lezer de Muze.

Ik denk dat alles wat ik zou bewaren van de gemeenschappelijke versie van de Muze de onvermijdelijkheid is van afstand en gescheidenheid, die uiteindelijk de vonk is die het verlangen doet ontbranden. De Muze moet nooit getemd zijn. En kan nooit bezeten worden. De Muze is gevaarlijk, ongrijpbaar, onberekenbaar. Schrijven wordt dan de inzet van een gokker, de woorden neergesmeten op één kleur, alles of niets, de lezer mag het zeggen. Wij zijn allen gokkers. Wij schrijven voor ons leven. Als er, in mijn leven of geschriften, iemand geweest is die omschreven zou kunnen worden als mijn Muze, ironisch genoeg, zou u dat zijn. Maar ik vermoed dat u liever erkend zou willen worden als mijn meester dan als mijn Muze. U bent mijn lezer, mijn beminde lezer. Ik weet van geen andere persoon die absoluter de macht heeft om mij te beheersen, of om mij te bevrijden.

Bien à vous,
Paul Michel.

10 juli 1981

Cher Maître,

U vraagt mij wat ik aan het schrijven ben. Wel, u zou de enige zijn aan wie ik mijn werk in wording zou toevertrouwen. Ik heb soms het gevoel dat mijn schrijven het perverse en schuldige geheim is, het echte geheim, het taboe waarover ik nimmer spreek tot opeens, voilà, weer een boek, als een goocheltruc. Ik maak geen geheim van wat ik ben, maar ik verberg wat ik schrijf.

Er waren duisterder thema's in *Midi*, duisterder dan die in *La Maison d'Eté*, dat uiteindelijk domweg de anatomie was van een familie en middels hen een perspectief op Frankrijk. Eerder Frankrijk dan Parijs. U en ik wonen in Parijs. Ik heb soms het gevoel dat we over Frankrijk maar heel weinig weten. We weten alleen wat we ons kunnen herinneren. Voor dat boek heb ik zowel uit uw herinneringen als uit de mijne geput. U bent te discreet geweest om daar commentaar op te geven. Wel, thans werk ik met gevaarlijker, obscuurder materiaal. De werktitel is *L'Evadé*, en ik heb een morgen verpest met me zorgen zitten maken over mijn Amerikaanse vertalers die zoveel problemen lijken te hebben met mijn titels en mijn tijdsvormen.

Soms zou ik willen dat ik helemaal geen Engels sprak zodat dat geharrewar met hun idiotieën me bespaard bleef.

Uw materie is de geschiedenis, de mijne is de rauwe substantie van het gevoel. Uit beide vervaardigen wij vormen, en die vormen zijn de monsters van de geest. Wij verwoorden onze angsten, als kinderen in het donker, geven ze een naam teneinde ze te temmen. En inderdaad, *L'Evadé* is het verhaal van een gevangene, een voortvluchtige gevangene, een schuldig man die zijn straf niet heeft uitgezeten, en die de vrijheid zoekt die wij allen zoeken, wat voor misdaden we ook begaan hebben. Niemand is ooit onschuldig. Ik wilde een verhaal schrijven over dubbelzinnige bevrijding. Dat wij uitbreken betekent niet dat wij ooit noodzakelijkerwijs ontkomen.

En mijn methodes? U informeerde naar mijn methodes. Die zijn niet geheim. Net als u lees ik. Ik lees onophoudelijk. Ik controleer mijn details, mijn data, mijn feiten. Ik doe het graafwerk, de noodzakelijke research. Maar dat is slechts het begin, de voorbewerking van de grond, het schrijven zelf is werk van een andere orde. U zult lachen wanneer ik u zeg dat de sprekendste vergelijking die ik kan maken er een met de misviering is die wij gedwongen werden elke ochtend bij te wonen toen ik werd opgeleid door de monniken. Die met rijp bedekte ochtenden, als je uit een warm bed kwam, vooral wanneer dat gedeeld was, waren een foltering. In een rij door de kloostergang sjokken, met wollen wanten de juiste plaats in de psalmen zien op te slaan, neerknielen in de naargeestige, donkere kerk, onze adem de lucht wit zien maken. Soms, zelfs hier in deze kale kamers, als ik 's morgens in mijn handen blaas, herinner ik mij die dagen. Ik herinner me zelfs de waakzaamheid van de monniken wanneer ik mijn ogen opsloeg om de blik te vangen van een oudere jongen die ik probeerde te charmeren. De geur van oude wierook en witte was die aan de koorstoelen bleef hangen, het obscure en onhandige verlangen dat we voor elkaar voelden, en bovenal de mis. Kyrie, gloria, credo, sanctus, benedictus, agnus dei. Ik had op mijn dertiende de concentratie van een bronstige vos. De rusteloosheid was breekbaar in mijn botten. Toch, elke dag wanneer ik ga zitten om te schrijven, de gestreepte deken om mijn schouders, zink ik terug in die tijd. De geest zweeft in de gedaante van de mis, en opent zich voor mij als een waaier. Ik zink weg in de koude, lege ruimte die wordt gecreëerd; ik leun er op mijn linkerhand. Ik begin te schrijven.

Uit herinnering en verlangen creëer ik vormen. Ik tast terug naar die lange ijskoude dagen in de klas, het goud boven ons in de herfst, bijtend op onze sjaals wanneer we langs de paden stoven en bladeren alle kanten op vlogen. Ik raak aan het genot van de sensatie in dat verlies van onschuld, de vlucht voor de banaliteit in een draaikolk van verlangen en pijn, onze eerste liefdes, de eerste omarming van de verboden boom en de vreugde van onze ontsnapping uit Eden. Niets is zo schrijnend of zo verraderlijk als de liefde van een jongen.

Toen al zag ik de duisternis die ik nu zie. Maar het was als een schaduw in mijn ooghoek, een plotselinge beweging, als van een hagedis die achter de luiken verdwijnt. Maar de laatste jaren heb ik de duisternis gevoeld, terrein winnend, zich als een vlek over de dag verspreidend. En ik heb naar de komst van de duisternis gekeken met complete sereniteit. De deur staat altijd open, om de duisternis binnen te laten. Ook uit die wetenschap zal ik creëren wat ik schrijf. En ik heb niets te vrezen.

Er is ook een andere gedaante die weerkeert. Op een avond, alleen op stap in de Midi, in een stad die ik nauwelijks kende – ik was aan het speuren, ja, ik denk het, op zoek naar de mannen die in het donker tegen hun auto geleund staan, op de uitkijk naar de gloed van een sigaret in een portiek – kwam ik langs de kerk. En ik hoorde de schreeuw van een uil die opvloog in het donker. Ik keek. Hij sprong plotseling op uit de takken van de lindebomen boven mij, van onderen door schijnwerpers belicht, een grote witte uil, zijn buik wit gebleekt in het donker, zijn enorme witte vleugels uitgespreid, schreeuwend in de nacht, terwijl hij zich in de duisternis stortte. En terwijl ik zijn vlucht in het donker volgde, leek de nacht een vaste substantie, stof tot schrijven. Ik kan niet geloven dat ik wat dan ook te vrezen heb.

Bien à vous,
Paul Michel.

30 september 1981

Cher Maître,

Wat opmerkelijk dat uw herinnering aan de kou tijdens de mis zo met de mijne overeenstemt. Onze schooldagen zijn een gedeelde nachtmerrie. Mijn meest intense herinneringen dateren uit mijn kindertijd. Ik neem aan dat dat een universeel verschijnsel is. We woonden in een grote flat in de rue Montgaillard in Toulouse. Mijn moeder spande de waslijn altijd over de straat met behulp van een katrolsysteem dat aan het raam van haar buurvrouw was bevestigd. Ze deden samen met de lijn. Ik herinner me dat ze Anne-Marie, Anne-Marie, uit het raam riep wanneer ze de lijn wilde gebruiken. De huren voor de flats in die smalle straat zijn nu kolossaal.

Ik was enig kind en was het grootste deel van de dag bezig mijn moeder te helpen, knijpers aangeven, lakens vouwen en het strijkijzer op de kachel verwarmen. Er werd eenmaal per week hout bij ons bezorgd en ik droeg de blokken een voor een de donkere betegelde trap op naar de kast in de keuken waar mijn moeder haar houtvoorraad bewaarde. Ze leefde als een vrouw van het platteland in het hart van de stad. Ze kweekte tomaten en suikerbonen op het balkon, hun geur domineerde de drukkende zomeravond. Ik herinner me het geluid van vuil water, afwaswater, spoelwater, dat vanuit de flats op straat werd gesmeten, de luiken die 's nachts dichtklapten, gezinnen die ruzieden achter gesloten deuren.

Mijn vader was vaak weg van huis, voor reparatiewerkzaamheden aan de spoorwegen. Hij kwam 's avonds laat thuis, smerig en vermoeid, en mocht mij niet kussen voor hij zich gewassen had. Ze was mateloos proper. Ze boende alles; de keuken, de potten, de lakens, de trap, vader, mij. Ik herinner me de geur van die ruwe, ongeparfumeerde zeep, wanneer mijn vader zijn armen opende, schoongeschrobd tot de huid rood was en met de haren nog vochtig, en riep – alors viens, petit mec. En ik herinner me hoe ik ineenkromp als hij mij kuste.

Mijn vader was vreemd terrein, dat behoedzaam betreden moest worden, maar ik kende elke geur en ronding van mijn moeders lichaam. Op de hete dagen dat we nog in de stad waren, lag zij 's middags te slapen en ik sliep naast haar, opgerold tegen de glanzende textuur en het witte kanten lijfje van haar onderjurk. Ze rook naar lavendel en nagellak. Ik staarde altijd gefascineerd naar de vreemde bolle rondingen van haar gelakte teennagels, alsof die de enige aanwijzing vormden dat ze onzichtbare schoenen droeg. Soms sliep ze op haar rug met haar armen over elkaar, als een dode kruisvaarder. Ik lag ineengedoken naast haar en voelde me net een geaborteerde foetus die niet durfde te laten merken dat hij nog leefde. Als ik mijn huiswerk deed, was zij altijd aan het koken en leunde over mijn boeken en corrigeerde mijn werkwoorden, mijn kaarten, mijn afspraken, mijn wiskunde, terwijl ze intussen groenten fijn wreef, pasteideeg vouwde of met verschrikkelijke concentratie toekeek hoe de saus rees. Ze marchandeerde op markten, dofte zich op om bij haar buren langs te gaan, poseerde als een betoverende en uitdagende vrouw wanneer ze sigaretten rookte. Ze was dol op films. Mijn vader verdiende goed, dus ze gingen vaak uit. Dan werd ik afgeleverd bij Anne-Marie, die me suikergoed met streepjes gaf en angstaanjagende verhalen vertelde.

Mijn moeder was afkomstig van de wijngaarden van Gaillac. Haar vader bezat zijn eigen wijngaard. Ze leefden eenvoudig, maar het waren geen arme mensen. Toen de oorlog in Algerije voorbij was, was haar vader een van de eersten die de pied-noirs die in die omgeving neerstreken met hun kennis van de verloren wijngaarden in Afrika accepteerden. Gaillac stond bekend om zijn witte wijnen. Het was met de komst van die ex-kolonialen dat de wijnproduktie in de streek veranderde. Gedurende de zomermaanden verbleven wij altijd op die hete, zacht glooiende hellingen. Ik zie het huis nog voor me met zijn precieze metselwerk en perfecte rij glas-in-lood ruiten onder een wijkende daklijst, die weliswaar fraai versierd maar gootloos was, zodat het water bij onweersbuien als een ware slagregen op het grind kletterde.

Mijn grootmoeder praatte de hele tijd op zachte, gedempte toon, tegen haar eenden, haar katten, haar kippen, haar onverschillige honden, haar man en haar kleinzoon. Ze leek geheime instructies te fluisteren die niemand verstond. De dorpelingen noemden haar 'la pauvre vieille' en zeiden dat ze altijd zo geweest was, sinds de beginjaren van haar huwelijk. Ze zeiden ook dat ze mooi was geweest, trots, eigenzinnig, maar dat ze toen ze Jean-Baptiste Michel had getrouwd haar ziel had verkocht en de deur in het gezicht van haar eigen geluk had dichtgesmeten. Hij was een man die de betekenis van de woorden compromis of vergiffenis niet kende.

Op een avond was ze helemaal naar het huis van haar ouders gerend, de voorkant van haar blouse onder het bloed, zonder jas, doodsbang en krijsend. Jean-Baptiste Michel kwam haar de volgende ochtend weer halen, en ze ging mee zonder protest, futloos en verslagen. Nadien was ze begonnen tegen haar dieren te prevelen. Niemand tartte Jean-Baptiste Michel zonder de consequenties te ondergaan.

De enige die in staat was hem te stoppen was mijn moeder. Zij was zijn enig kind. Vermoedelijk hield ze van hem op haar eigen wijze. Zij stond tussen hem en mijn fluisterende grootmoeder in. Ik zie haar hoofd bij wijze van waarschuwing boven de groenten uitsteken bij het geluid van zijn voetstappen. Ik zie haar zijn overhemden die ze uit de aluminium teil opdiepte tot spiralen wringen, met zorg en concentratie. Ik zie haar naar hem kijken onder het eten, anticiperend op zijn eisen. Ik zie haar naar haar beurs grijpen om hem geld te geven wanneer hij de deur uitgaat. Ze gaf mij altijd te eten voor hij thuiskwam, zodat ik hem niet ergerde of aan tafel zat te kwijlen en te kwebbelen. En soms kijkt hij haar nauwlettend aan en ontmoet zij zijn blik alsof ze elkaar begrijpen. Ik hoor haar stem, laag en ritmisch als een trommel, wanneer ze 's avonds hardop leest. Zijn brede rug buigt zich naar voren om haar te horen, zijn gezicht is in schaduw gehuld. Hij is groot, monstrueus. Ik kijk naar Ariadne en de Minotaurus.

Ze begon aan vermoeidheid te lijden, een uitputting die haar 's morgens al van haar energie beroofde. Ik zag de wallen onder haar ogen donkerder en dieper worden. Ze ging in de weekenden niet langer naar Gaillac. Anne-Marie kwam haar helpen mij naar school te krijgen en het huishouden te doen. Jean-Baptiste Michel wees elke suggestie dat ze ziek zou zijn hardnekkig van de hand.

'Ze is lui, meer niet,' snauwde hij. 'Ze denkt dat ze te fijn is om te werken.'

Maar zelfs mij vielen het gefluister en de stilte rond haar afmatting op, het verschrikkelijke vergelende craquelé van haar verdorrende huid. Ze werd oud en kromp ineen voor mijn angstige blik. Haar volle borsten verschrompelden en haar billen verzakten. Het was een betovering die van binnenuit werkte.

Ik kwam thuis uit school. De slaapkamerdeur was stevig gesloten. Mijn vader hing huilend over de tafel. Anne-Marie, haar gezicht strak en meedogenloos, haar handen gevouwen, stond voor me.

'Je moeder heeft ons eindelijk verlaten, mon petit. Ze verblijdt zich in de hemel met Onze-Lieve-Vrouw en de engelen.' Ze sprak elk woord uit met weloverwogen en verwoestende zekerheid.

Ik won een beurs voor de Benedictijner school die aan het klooster was verbonden en mijn vader deed mij daar gedurende het schooljaar in de kost. In de vakanties werd ik naar mijn grootouders in Gaillac gestuurd. Ik ben nooit meer thuis geweest. En ik heb de naam van mijn grootvader aangenomen.

Bien à vous,
Paul Michel.

Parijs, 1 juni 1984

Cher Maître,

Nee, ik put zeer zelden rechtstreeks uit mijn eigen herinneringen. Maar het is mijn verleden dat de onwrikbare begrenzingen van mijn verbeelding bepaalt. Onze kinderjaren, onze verschillende achtergronden, de erfenissen van onze afkomst zijn niet de dwangbuis waar wij ze voor houden. Ik woeker opnieuw met de intensiteit van dat vermogen om waar te nemen, de verschuivingen in schaal, in kleur; de stilte rond de tafel als een familie de vorken neerlegt, het gejank van een hond die aan de houtstapel is vastgeketend terwijl zich in een winterlucht een natte sneeuwbui vormt, de jaren dat de herfst nooit komt, maar de grijze winter als een massa natte bladeren lang voor Allerheiligen het grove zand bedekt. Ik zie nog de chrysanten, enorme witte bloemen, die schitterden op mijn moeders graf op de treurige begraafplaats boven ons dorp, tussen de glooiende wijngaarden. Ik droeg altijd mijn eigen pot ternauwernood openberstende seringenknoppen naar boven om ze op de groene kiezels van haar graf te leggen. 'Koop een pot met de bloemen nog in de knop,' beval mijn grootvader. Hij misgunde haar zelfs de kleuren van de bloei. Maar daarboven, op die lege, ommuurde begraafplaats, wanneer er niemand is om te kijken, gaan de bloemen toch open, als een instemmend gebaar.

U informeerde naar de mannen in mijn familie, mijn vader, mijn grootvader, mijn neven. Ik moet cynisch zijn – en eerlijk. Ze waren wat ik ben geworden – nukkig, zwijgzaam, gewelddadig. Maaltijden waren merendeels een stille aangelegenheid, slechts onderbroken door vragen om meer brood. Mijn grootvader was beestachtig knap om te zien, een beer van een vent met zijn verstand vastberaden afgestemd op het maken van winst. Hij kon delegeren, maar hij vertrouwde niemand. Hij hield elke wortel in de wijngaard persoonlijk in de hand. Hij begreep zijn boekhouding. Hij marchandeerde met de grossiers. Hij koeioneerde de inspecteurs. Hij ruzide met de buren. Hij liet zijn vaten uit een andere streek komen, waar hij een betere prijs maakte. Hij liet de kuipers de vervoerskosten betalen. Hij was een van de eersten in Gaillac die investeerden in de moderne mechanische systemen. Hij bracht twee jaar in Algerije door en kwam terug met de overtuiging dat Frankrijk dat gebiedsdeel moest verlaten, ondanks zijn rijkdom en schoonheid, eenvoudig op grond van het feit dat we niet het recht hadden andermans land te bezetten.

Ik zie hem hele rijen wijnstokken aflopen, zijn oude blauwe jekker over zijn grote rug gespannen, vooroverbuigen over de gedraaide stammen, het snoeimes in zijn rood geworden handen, de stomme, ruwe bast aanraken, zijn laarzen zwaar van de aarde. Iedereen in huis was bang voor hem.

Een van zijn honden beet een kind in het gezicht. Ik was tien jaar oud. Ik zie het kind nog voor me, wit, huilend, twee diepe paarse sporen naast haar neus, haar onderlip, doorboord, het donkere bloed dat opborrelde in haar mond. Mijn grootvader schoot het dier niet af, wat makkelijk had gekund. Zijn geladen geweer stond tegen de deur van het washok. Hij knuppelde de hond dood tussen de kippen op het erf. We hoorden een verschrikkelijke opeenvolging van doffe klappen en jankende uithalen. Mijn grootmoeder deed het raam dicht. Toen hij binnenkwam, zijn handen onder het bloed, het bloed van het kind, de samengeklitte vacht van de hond, zei ik dat het de schuld was geweest van het kind, een buurmeisje. Zij had de hond geplaagd. Met één stap stond hij naast me en had mijn haar in zijn handen. Voor mijn grootmoeder tussenbeide kon komen had hij mijn neus gebroken.

'Goed zo. Ga maar jengelen in de rokken van je grootmoeder,' riep hij, terwijl hij me de keuken uitsmeet.

De dokter, die mijn neus in een gipsverband zette en mij met verband omwond, zodat ik eruitzag als Phantomas, of de onzichtbare man, zei: 'Waarom heb je hem ook uitgedaagd, petit? Niemand daagt Jean-Baptiste Michel straffeloos uit. Leer die les nu.'

Toen hij ouder werd, trager, kocht hij een televisie en zat verstard, gehypnotiseerd voor het bewegende scherm. Toen hij op sterven lag, staarde hij in de ruimte met onvaste, trillende ogen, alsof hij nog steeds de verschuivende zwart-wit beelden volgde.

Maar ik herinner me mijn grootvader buiten, altijd buiten, zijn grote armen gebruind door hitte en stof, zijn ogen strak op de wijnvaten, bezig de cilinders met het gif waarop hij zijn wijnstokken placht te onthalen aan zijn tractor te bevestigen, de verstuivers testend. Hij had twee mannen aan het werk, die allebei onvoorwaardelijk van hem hielden. Hij negeerde mijn fluisterende grootmoeder. Ze sprak onophoudelijk tot hem met een laag, klemmend gezoem. Hij luisterde noch reageerde. Ik hoor hem het huis verlaten in de sombere dageraad, ik hoor het gedreun van zijn voeten op de tegels in de gang, het doffe gerammel van de kettingen van de hond in het zand wanneer hij de poort uitliep. Pas dan, niet eerder, kon ik mij op bed ontspannen, en voelde ik me veilig, opgelucht, gerustgesteld dat het huis verstoken was van zijn aanwezigheid.

Ik heb hem maar één keer een vrouw zien slaan. Ik kan niet met zekerheid zeggen of dit iets is wat ik mij heb ingebeeld omdat het een scène is die ik mij moest herinneren, of dat ik werkelijk getuige van het incident ben geweest.

Het is laat in de herfst, in huis brandt licht. Mijn grootmoeder zit in de kerk naar de catechismusklas te luisteren. Ik heb haar vandaag geholpen door de familiegraven schoon te maken. Er zit mos onder mijn vingernagels en mijn handen zijn rood en gebarsten. Ik ben in huis, ik kom net binnen. Ik hoor harde stemmen in de logeerkamer die ik met mijn moeder deel. De voordeur staat op een kier. Er ligt modder op de stoep en over de tegels. Ik hoor mijn moeders stem, diep in haar keel, nee, nee, nee, nee, nee. Onze slaapkamerdeur staat open en mijn grootvader, in zijn jas en op laarzen, staat voor haar. Haar armen zijn verstijfd, haar handen verfrommelen de beddesprei. Ze jammert, steeds maar opnieuw, nee, nee, nee, nee, nee. Met één modderige laars schopt hij de deur achter zich dicht en ik hoor de klinkende klap van zijn hand op haar weerloze wang terwijl hij haar neerduwt. Dan treedt een gruwelijke verandering op in de toon van haar gejammer. En ik strompel achterwaarts door de keuken, over het pad, laat het verboden hek open staan en verdwijn in de wijngaard, waar het al donkerder wordt, hoog boven het dorp, happend naar schone, onverhitte lucht.

Niemand daagt Jean-Baptiste Michel straffeloos uit. Waarom heb ik die les van de angst die mijn moeder nooit heeft kunnen leren zo makkelijk begrepen?

U vraagt mij waar ik het meest bevreesd voor ben. Niet mijn eigen dood, dat zeker niet. Voor mij zal mijn dood eenvoudig het zachte sluiten van de deur zijn waarmee de geluiden die mij storen, lastigvallen, kwellen in mijn slaap het zwijgen wordt opgelegd. Ik maak de dood nooit het hof, zoals u. U ziet de dood als uw danspartner, de ander met zijn armen om u heen. Uw dood is de ander op wie u wacht, naar wie u zoekt, wiens geweld het object is en tegelijkertijd het einde zal zijn van uw verlangen. Maar ik zal mijn dood niet van u leren. U verlustigt zich in een makkelijke droom van duisternis en bloed. Het is een romantische flirt met geweld, het gescharrel in de goot van de welopgevoede dokterszoon, alvorens naar huis te gaan om het allemaal in een barokke polemiek om te zetten die hem beroemd zal maken. Ik kies de zon, licht, leven. En ja, natuurlijk leven wij beiden op het randje. U hebt mij geleerd het te zoeken in het uiterste. U hebt mij geleerd dat de grenzen van het leven, van het denken, de enige markt zijn waar, tegen een hoge prijs, kennis te koop is. U hebt mij geleerd aan de rand te staan van de menigte die zich rond de speeltafels verzameld heeft, om duidelijk te kunnen zien, zowel de spelers als de draaischijf. Cher maître, u beschuldigt mij ervan geen principes te hebben, geen scrupules, geen remmingen, geen spijt. Wie behalve mijn meester zou mij geleerd kunnen hebben zo te zijn? Ik heb mijn wezen van u geleerd.

U vraagt mij waar ik het meest bevreesd voor ben. Niet het verlies van mijn kracht om te schrijven. Niet dat. Componisten zijn bang om doof te worden, en toch hoorde de grootste van hen zijn muziek met de roffel van zijn zenuwen, het ritme in zijn bloed. Mijn schrijven is een ambacht, net zoals timmeren, doodskisten vervaardigen, sieraden maken, muren metselen. Je kunt onmogelijk vergeten hoe het moet. Je kunt makkelijk zien wanneer het goed gedaan is. Je kunt bijschaven, repareren, opnieuw in elkaar zetten wat fragiel, slordig, instabiel is. De critici prijzen mijn klassieke stijl. Ik maak deel uit van een traditie. Het is wat ik zeg dat hen stoort, maar ook dat is weer verteerbaar gemaakt door de onverstoorbare elegantie van klassiek Frans proza. Je kunt alles zeggen, alles, zolang je het mooi zegt. Mijn boeken zijn als een beroemd en vaak bezocht kasteel. Alle gangen zijn volkomen recht en voeren van de ene kamer naar de andere, terwijl de weg naar het park of de binnenplaats duidelijk staat aangegeven. Mijn werk is zo overzichtelijk als een dansvloer. Ik schrijf voor dwazen. Maar in die kristalheldere, subtiele klaarheid die mijn handelsmerk is – en die ik bereik ten koste van mijn haren, gewicht, slaap, bloed – schuilt een code, een verborgen opeenvolging van tekens, een labyrint, een trap die naar de zolders leidt, en uiteindelijk naar buiten, het platte dak op. U bent mij daarheen gevolgd. U bent de lezer voor wie ik schrijf.

U vraagt mij waar ik het meest bevreesd voor ben. U weet het al, anders zou u het niet vragen. Het is het verlies van mijn lezer, de man voor wie ik schrijf. Mijn grootste angst is dat ik op een dag, onverwacht, plotseling, u zal verliezen. Wij zien elkaar nooit en we spreken elkaar nooit rechtstreeks, toch is onze intimiteit door het schrijven compleet. Mijn relatie met u is intens omdat ik mij er elke dag mee bezighoud, alle uren dat ik werk. Ik ga zitten, gewikkeld in een deken, mijn papieren zonder samenhang voor mij op tafel. Ik maak ruimte om te schrijven, voor u, aan u, tegen u. U bent de maat van mijn talent. Ik reik naar uw nauwkeurigheid, uw ambitie, uw extravagantie. U bent de hoogwaterlijn op de brug, het peil waarnaar ik streef. U bent het gezicht dat altijd mijn blik ontwijkt, de man die juist de bar verlaat. Ik doorzoek de spiralen van al mijn zinnen op u. Ik gooi hele pagina's manuscript weg omdat ik u er niet in vinden kan. Ik zoek naar u in kleine details, in de vorm van mijn werkwoorden, de kwaliteit van mijn bewoordingen. Wanneer ik niet meer kan schrijven omdat ik te moe ben, mijn hoofd pijn doet, mijn linkerarm verkrampt is van de spanning, en ik besluiteloos blijf zitten, sta ik op, ga uit, drink, jaag op straat op mannen en jongens. Seks is een vluchtig gebaar, ik vergooi mijn lichaam met mijn geld en mijn angst. Het is de hevige sensatie die de lege ruimte vult voor ik weer op zoek kan naar u. Mij berouwt niets behalve de frustratie niet bij machte te zijn tot u te komen. U bent de handschoen die ik op de grond vind, de dagelijkse uitdaging die ik aanneem. U bent de lezer voor wie ik schrijf.

U hebt mij nooit gevraagd van wie ik het meeste gehouden heb. U weet het al en dat is de reden dat u het nooit gevraagd hebt. Ik heb altijd van u gehouden.

Paul Michel.

Het gebeurt zelden dat de papieren van een schrijver volstrekt oninteressant zijn, maar nog zeldzamer is het, dat kan elke historicus beamen, dat ze puur goud bevatten. Deze vier brieven schreef ik over, illegaal, precies zoals ze geschreven waren, in de loop van een aantal dagen, soms een regel, een zin per keer. Ze waren al betaald, verhandeld op de markt in levensverhalen van schrijvers. Toch meende ik dat ik in staat was ze anders te lezen dan ieder ander. Onder de gele gloed van gedempt en glinsterend licht, speciaal afgesteld op lichtgevoelig papier, volgde ik het spoor van zijn potlood, waarmee hij zo onduidelijk had geschreven dat de woorden een geheime code werden. Vijf dagen zat ik in het Archief zijn brieven aan Foucault te lezen, waarbij ik de brief die ik overschreef verborg onder een andere, en mijn papieren camoufleerde met notities. De archiviste kwam geregeld even gluren naar wat ik aan het doen was. Ik vertelde haar dat ik zijn werkwoordsvormen bestudeerde, en turfde hoe vaak hij de voorwaardelijke wijs gebruikte. Ze knikte, zonder glimlach. Maar ik was een schooier, een goudzoeker, ik ziftte mijn erts en vond in mijn ongewassen stof korrel na korrel puur goud.

Halverwege de tweede week staarde ik naar het schone, maagdelijke papier van zijn laatste brief aan Foucault. Het was vermoedelijk het laatste dat hij genoteerd had voor het donker dat hij had omschreven als een vlek voorgoed zijn dag zou verduisteren. Hij corrigeerde zichzelf zelden op papier. Toch wist ik dat het zijn gewoonte was versie na versie te schrijven. Toen besefte ik de waarheid die me recht in het gezicht staarde en van meet af aan duidelijk was geweest. Dit waren liefdesbrieven. En het waren schone kopieën, de enige bestaande. De kladversies waren vernietigd. Foucault had deze brieven, meer dan tien jaar geleden geschreven, nooit onder ogen gekregen. Ze waren nooit verzonden. Niet één. Ooit. Ze waren door de 'tutelle' van Paul Michel overgedragen aan het archief. En de publicatierechten waren in het belang van de wetenschap onmiddellijk aangekocht door de Harvard University Press. Degene die de brieven had gestempeld en geordend was niet altijd even nauwkeurig te werk gegaan. Naar alle waarschijnlijkheid was ik de eerste die ze las.

Ik zat naar het papier te staren, wezenloos en bevend, met tintelende huid. Ik wist niet hoe ik moest reageren. Ik kon niet bevatten wat ik ontdekt had. Ik wist zeker dat andere mensen naar me zaten te staren. Ik was bang dat ik onpasselijk zou worden als ik bewoog. Deze brieven waren geen gewone schrijfoefening. Ze kwamen uit het hart. Ze waren privé. Waarom waren ze nooit verzonden? Had hij zich de antwoorden gewoon verbeeld? Ze verdienden een antwoord. Niemand mocht zo schrijven en onbeantwoord blijven. Ik wist dat ik niet langer mocht aarzelen. Ik wankelde het Archief uit, het gestolen goed krampachtig onder mijn armen geklemd.

Parijs werd steeds onwerkelijker. Ik merkte ze nauwelijks nog op, de toeristen, de winkels met de luiken ervoor, gesloten voor de zomer. Ik strompelde door het water dat in de goten stroomde. 's Nachts kon ik de slaap niet vatten. Ik leefde op zwarte koffie, stijf van de suiker, en goedkope sigaretten. Op de vrijdag van mijn tweede week in het Archief werd ik met gonzend hoofd wakker. Ik hoorde zijn woorden alsof ik ze voor het eerst hoorde, hoewel ik ze inmiddels uit mijn hoofd kende. *U vraagt mij waar ik het meest bevreesd voor ben. U weet het al, anders zou u het niet vragen. Het is het verlies van mijn lezer, de man voor wie ik schrijf. Mijn grootste angst is dat ik op een dag, onverwacht, plotseling, u zal verliezen.* Ik stapte uit bed en kleedde me vlug aan. Mijn spijkerbroek, die ik twee dagen eerder had gewassen en opgehangen in het raam, was nog vochtig. Ik trok hem toch aan.

Ik had de cruciale beslissing van mijn leven al genomen. Ik zou die brieven beantwoorden. Ik had besloten Paul Michel te gaan zoeken. In plaats van de metro naar het Archief te nemen zoals gebruikelijk, vertrok ik te voet naar het veertiende arrondissement en het Hôpital Sainte-Anne.

Het ziekenhuis was net een stad binnen de stad. Er waren parken, parkeerplaatsen, promenades, cafés, winkels, slagbomen en een massa enorme, oude gebouwen waar nieuwe vleugels uitstaken in zwart glas en beton. De portiers legden uit waar de centrale receptie was, maar ik had al een aardig afstandje afgelegd voor ik de trap vond die omhoog leidde naar karakterloze kantoren en automatische deuren. Ziekenhuizen zijn vreemde, intermediaire zones waar ziekte en gezondheid een dubbelzinnige, betrekkelijke toestand worden. Er zijn mensen die hysterisch zijn, uitzinnig, anderen staren gelaten voor zich uit, en de staf loopt rond in witte jassen en op comfortabele schoenen, volmaakt onverschillig, zowel jegens hen die verveeld zijn als jegens hen die wanhopig zijn. Drie onderscheiden groepen wandelen door de gangen, elk gekarakteriseerd door haar kledij: de geschrokken bezoekers in gewone kleren, de schuifelende patiënten in ochtendjas en op slippers, de machthebbers met hun technologische systemen en gewassen gezichten. Ik wachtte in de rij voor de balie. Twee vrouwen tuurden op hun beeldscherm en negeerden de aarzelende rij wachtenden. Een vrouw die op een zwart plastic bankje was neergestreken gaf haar jengelende kind een standje. Een ander torste een enorm boeket gladiolen, als een zoenoffer.

Allen wisten waar ze heen wilden, maar niet hoe er te komen. Ik had slechts de naam van een man en een artikel in een tijdschrift voor homoseksuelen van negen jaar geleden. En ik had inmiddels ook zijn gecodeerde privé-geschriften, zijn boodschappen aan zichzelf. Verborgen in mijn binnenzak, aan mijn borst, schitterden de overgeschreven brieven.

'Je cherche un malade qui s'appelle Paul Michel.'

'Quel service?' Ze keek niet op. Haar vingers vlogen al over de toetsen.

'Weet ik niet.'

Ze keek niet op.

'Wanneer is hij opgenomen?'

'Juni 1984.'

'Wat?' Ze zette het hele proces stil en draaide zich om om mij aan te kijken. Iedereen in de rij achter mij leunde verwachtingsvol naar voren.

'U moet bij het archief zijn,' snauwde ze.

'Maar ik denk dat hij hier nog is.' Ik keek haar wanhopig aan. 'Hij is hierheen gebracht omdat hij gek was.'

Ze staarde me aan alsof er aan mij ook een steekje los zat. Haar collega was opgestaan en kwam naar de balie.

'U moet naar psychiatrie,' zei ze, 'en daar vragen. Misschien hebben ze een dossier over hem. Psychiatrie heeft een eigen ingang.'

Ze tekende een indrukwekkend ingewikkeld kaartje achter op een patiëntenkaart. Toen ik de receptie verliet, keken alle aanwezigen me na, op hun hoede en gefascineerd. De moeder trok haar kind weer op haar schoot. Het was de eerste keer dat ik ondervond wat het betekende om, op wat voor manier dan ook, in verband te worden gebracht met het lot van Paul Michel.

Het kostte me bijna een halfuur om de psychiatrische kliniek van het ziekenhuis te vinden. Daar waren geen trappen, geen brede deuren, geen planten in potten, alleen een smalle ingang in een blinde muur. Ik moest aanbellen; de deur zat permanent op slot. Toen ik een soort luchtsluis betrad, zag ik het rode oog van een camera die hoog aan de muur was bevestigd en mij opnam. Ik kwam uit in een kleine hal met een glazen kantoor dat er precies zo uitzag als elk kantoor in elke bank in Frankrijk. Het was bijna ongeloofwaardig dat ik geen reischeques kwam verzilveren. De vrouwen in het kantoortje keken me onderzoekend aan, maar zeiden niets. Ik zocht meteen het offensief.

'Ik kom voor Paul Michel.'

De naam zei hun geen van beiden iets. Een van hen probeerde me behulpzaam te zijn.

'Michel? M-I-C-H-E-L? Is hij hier opgenomen? Weet u welke afdeling?'

Ik raakte de kluts kwijt. Er waren dus weer verschillende afdelingen binnen de psychiatrische kliniek. Ze keek me peinzend aan.

'Komt hij op de polikliniek? Of zit hij op de geriatrische afdeling? Is hij hier al lang?'

De andere vrouw snuffelde in de patiëntenadministratie, die duidelijk nog niet geautomatiseerd was.

'Er is hier niemand die Paul Michel heet,' zei ze uitdrukkelijk.

'Luister. Hij is hierheen gebracht omdat hij gek was. En gewelddadig. Bijna tien jaar geleden.'

'Il y a dix ans!' Ze barstten in ongelovig gezang los.

'U moet zich vergissen.'

'Weet u zeker dat het dit ziekenhuis was?'

'Bel dokter Dubé. Misschien dat die het weet.'

'Ecoutez,' begon ik aan te dringen, 'hij is opgenomen in juni 1984. Maar ik heb ruim twee weken geleden gebeld en de vrouw die ik gesproken heb, wist wie hij was. Hij moet hier nog zijn. Vraagt u alstublieft een van de artsen,' smeekte ik hen.

'Ga zitten.'

Ik nam plaats op een harde stoel. Er lag geen vloerbedekking op de grond. De blinde roomgele muren roken naar bleekmiddel. Er waren geen ramen en de lange witte tl-buizen glinsterden in de lauwwarme lucht. Ik wachtte en luisterde naar de telefoon, die twintig minuten lang achter elkaar door rinkelde. Toen, als een geest die door de muur heendrong, verscheen een jonge arts in witte jas aan mijn zijde.

'Vous êtes anglais?' vroeg hij verbaasd.

'Ja. Ik probeer Paul Michel te vinden.'

'L'écrivain?'

Eindelijk had iemand van mijn verloren schrijver gehoord. Ik omarmde de dokter bijna van opwinding.

'Ja, ja. Inderdaad. Is hij hier?'

'Wat is uw relatie met Paul Michel?' vroeg de dokter, zonder iets te verraden. In paniek en opeens geïnspireerd vertelde ik de waarheid.

'Spreekt u Engels?' Intuïtief voelde ik aan dat ik daarmee mijn verloren voorsprong zou terugkrijgen. De dokter glimlachte.

'Ja. Een beetje.'

'Nou, ik ben zijn lezer. Zijn Engelse lezer.'

De dokter was volkomen verbijsterd over die verklaring.

'Zijn Engelse lezer? U werkt aan zijn boeken?'

Ik rook mijn kans.

'Ja. Ik ben zijn lezer. Het is van cruciaal belang dat ik hem spreek. Ik kan niet verder met mijn werk tot ik hem gesproken heb. En ook al schrijft hij niet meer, ik ben nog steeds zijn lezer. Ik kan als lezer niet zomaar het bijltje erbij neergooien.'

Dat was de kwestie wegmoffelen achter een stortvloed van woorden, en het was duidelijk dat de dokter niet begreep over welk bijltje ik het had.

'Eh, bien, alors. Je ne sais pas... Maar hoe dan ook, hij is niet hier. Hij is vorig jaar, na zijn laatste ontsnapping, overgeplaatst naar de gesloten afdeling van het Sainte-Marie in Clermont-Ferrand.'

Ik hield mijn adem in en verstarde.

'Zijn laatste ontsnapping?'

'Mais oui – vous savez – ze proberen inderdaad vaak te ontsnappen. Als het moet in hun pyjama.'

De man met wiens werk, met wiens schrift ik zo vertrouwd was geraakt, wiens krabbelende hand nu onuitwisbaar in mijn eigen handen stond, wiens moed boven elke twijfel verheven was, kwam met volle kracht bij me terug. Hij was er nog, hij leefde nog, ongebroken.

'Het Sainte-Marie? Clermont?' Ik herhaalde zijn woorden.

'Ja. Maar ik geloof nooit dat u bij hem op bezoek mag.' De dokter schudde nadenkend zijn hoofd. Ik liet me echter niet meer afschepen.

'Kende u hem goed?' wilde ik weten.

De dokter haalde zijn schouders op. 'U hebt hem nooit ontmoet? Nou, hij is niet het soort patiënt waar je ooit veel vooruitgang mee boekt. Het is triest maar waar. Als u de kliniek in Clermont zelf eens belde?'

Ik nam het nummer over en bedankte hem warm, waarna ik mij voorzichtig een weg naar buiten baande door een reeks gesloten deuren. Ik voelde de blikken van de vrouwen, argwanend, ongelovig, in mijn rug.

Triomfantelijk rende ik het grootste deel van de weg terug naar de studentenflat. Ik had de kamer in eerste instantie voor een maand genomen en kreeg een verschrikkelijke ruzie met de vrouw van de administratie, die maar één week wilde terugbetalen. Mijn kapitaal was geslonken, maar ik wist nu waar ik heen ging. Ik krabbelde een ansichtkaart naar mijn germaniste waarop ik haar meldde dat ik erachter was waar hij zat en dat ik hem ging opzoeken. Toen pakte ik al mijn bezittingen, inclusief de vochtige kleren uit de vensterbank en de poster, gaf de plant aan twee niet overtuigde Amerikanen, en pakte op het Gare de Lyon de trein van halfzes naar Clermont-Ferrand. Parijs zonk achter me weg; de platte, gemaaide velden van Centraal-Frankrijk spreidden zich uit als een dambord. Ik had het verschrikkelijke, angstige gevoel dat de tijd drong. Het was of elke seconde telde, alsof ik maar een paar uur had om hem te vinden, om hem te zeggen dat zijn lezer, zijn Engelse lezer, nog loyaal was, nog luisterde, nog leefde.

Achteraf begrijp ik dat ik geobsedeerd was, gegrepen door een passie, een queeste, die niet uit mijzelf was voortgekomen, maar wel de mijne was geworden. Zijn handschrift, scherp, schuin, onontkoombaar, was de laatste knoop in de strop geweest. Zijn brieven hadden tot mij gesproken met een verschrikkelijke, onverzettelijke klaarheid, en hadden mij de hardste eisen gesteld. Nooit kon ik die eisen naast me neerleggen, nooit hem verlaten. Wie hij ook geworden was.

CLERMONT

Ik ARRIVEERDE IN CLERMONT-FERRAND IN EEN WAZIGE schemering. Het station stond vol verdwaalde toeristen en één gekwelde, geüniformeerde reisleider die op de parkeerplaats een bus uit zijn hoed wilde toveren. Ik was een van de laatsten die uit de trein stapten en de parkeerplaats was ontmoedigend leeg. Clermont is opgetrokken uit vulkanisch rotsgesteente in een kloof onder een keten vulkanen. Het is een zwarte stad, met een enorme, zwarte, gotische kathedraal. Ik liep met mijn rugzak door de straten, op zoek naar een eenvoudig hotel. Alles was COMPLET. Uiteindelijk kreeg een vermoeide vrouw die in een van de pensions in elkaar gedoken achter een gedroogd blijk van bloemenhulde zat met mij te doen. Ze koesterde een valse poedel, die gromde naar mijn verschijning.

'U komt uit Engeland? Het is bijna half elf. U vindt vanavond niks meer. Niet op dit tijdstip. Ogenblikje. Ik bel mijn zuster. Die neemt soms toeristen. Maar het is een hele tippel naar haar huis. Ze woont in een buitenwijk. Zal ik haar bellen?'

Ik was inmiddels aan de Franse stem van het noodlot gewend. Alles is altijd gesloten, de persoon die je wilt spreken is niet aanspreekbaar, met vakantie of dood, het restaurant is gereserveerd voor een privé-gezelschap, er draait een andere film en het boek is niet meer leverbaar. Ik ging rustig zitten wachten op het veel te vol gepropte, vlekkerige kussen van een bank. En zoals altijd werden stijfkoppigheid en onverzettelijkheid beloond. Ja, haar zuster wilde mij wel hebben. Was ik schoon? Ja, redelijk. Haar man zou me op weg naar huis komen oppikken. Honderdtwintig francs, contant vooruit te betalen, inclusief ontbijt, douche op de kamer, als ik een week wilde blijven had ze een speciaal tarief. Ze vond Engelsen leuk. Ze verhuurde vaak aan Engelsen. Engelsen en Nederlanders. Nooit Duitsers. Ik bleef in een uitgeput stilzwijgen tot bijna elf uur zitten. Toen kwam er een bolle, slome man binnen, die een straal tabak in het stof spuwde.

Ik verstond maar heel weinig van wat hij allemaal te vertellen had, want zijn accent ging mij boven de pet, maar ik slaagde erin gepaste dingen te mompelen over de schoonheid van de vulkanen en de grandeur van de bergen. Ik slaagde er verder in uit te leggen dat ik niet in Clermont-Ferrand was om deel te nemen aan het muziekfestival of de competitie formatie-parachutespringen. En ik slaagde erin hem over te halen een sigaret van mij te roken.

'Ik ben op zoek naar een schrijver die in het Hôpital Sainte-Marie verblijft.'

'Sainte-Marie?' Hij schrok op.

'Ja. Weet u waar dat is?'

'Iedereen kent het Sainte-Marie. C'est en plein ville.'

Hij wierp een twijfelachtige blik op mij en bleef staan voor een villa die barstte van de geraniums. Een ander poedeltje gromde rond mijn enkels terwijl ik mijn rugzak over de drempel sjouwde. De volgende ochtend werd ik omwikkeld met polyester lakens wakker in een piepkleine kamer waarin elk beschikbaar oppervlak bedekt was met allerlei soorten dieren, uitgevoerd in glas, kristal of porselein; een schrikwekkende collectie Bambi's, Lassies en vrolijk huppelende poesjes. Schepsels in alle kleuren en maten stonden opeengehoopt op kasten en kaptafels. Sommige bleken barometers te zijn die blauw kleurden als het weer meezat. Ik besloot mijn boeken niet uit te pakken. Mijn sokken en onderbroeken begonnen muf te ruiken van het vocht, dus riskeerde ik het om ze over de vensterbank te draperen, de enige plek die niet overwoekerd was door aanbiddelijke beestjes.

Monsieur Louet was al naar zijn werk toen ik opstond, maar madame, een duplicaat van haar zuster in elk detail tot de poedel aan toe, zozeer zelfs dat ik mij begon in te beelden dat het hotel een zinsbegoocheling was geweest, was wild van nieuwsgierigheid naar het Sainte-Marie.

'Is het iemand die je goed kent?' vroeg ze, terwijl ze broodjes en croissants aan me opdrong.

'Nee,' zei ik, elke kruimel dankbaar opschrokkend, 'we hebben elkaar nooit ontmoet.'

Ze was zeer teleurgesteld.

'Hij zit daar opgesloten?'

'Dat zou ik wel denken.'

'De service fermé? Er is een service fermé in Clermont.'

'Ik neem aan dat hij daar inderdaad zit.'

'Heeft hij...' ze aarzelde, 'iemand aangevallen?'

'Ik vrees van wel. Een heleboel mensen.'

'Ben je niet bang?'

'Ja. Een beetje.'

'Laat me je uitleggen hoe je er komt. Je zult de bus moeten nemen.' Ze verlangde er al wanhopig naar dat ik zou vertrekken, om vol verhalen terug te keren.

Het ziekenhuis was een groot ommuurd blok, met een massa aan gebouwen, net een klooster of gevangenis, in het centrum van de stad. Ik kwam er later achter dat het door nonnen was opgezet en dat nonnen nog steeds de meerderheid hadden in het ziekenhuisbestuur. De smalle ramen waren ondoorzichtig, ofwel gemaskeerd met dubbel matglas, of betralied met roosters in verschillende patronen. De rue St Jean-Baptiste Torrilhon liep door het hart van een dicht netwerk van smalle straatjes. Ik aarzelde op de hoek van de Voie Ste Geneviève, niet in staat de hoofdingang te vinden. Die bleek aan de andere kant van de ommuring te zitten. Ik was er straal voorbij gelopen. Ik vervolgde de weg langs rijen dubbel geparkeerde auto's. Het gebouw stulpte in en keerde zijn hoge rug naar de straat. Nergens waren de muren lager dan tien, twaalf meter. Ze zaten onder de graffiti, meest obsceniteiten.

Toen zag ik, boven een smalle deur, in reusachtige zwarte letters een spreuk die als een boog over de ingang welfde.

J'AI LEVE MA TETE ET J'AI VU PERSONNE
(Ik heb mijn hoofd geheven en ik heb geen mens gezien)

Onder die woorden hing een kleine bronzen plaquette waarop stond:

CMP Ste MARIE
Service Docteur Michel

en daarnaast was de deur, smal als een schietsleuf. Onder de plaquette had iemand een gedicht op de muur geschreven. Het was of elke officiële verklaring zijn eigen commentaar bij zich droeg.

Qui es-tu point d'interrogation?
Je me pose souvent des questions.
Dans ton habit de gala
Tu ressembles à un magistrat.
Tu es le plus heureux des points
Car on te répond toi au moins.

(Wie ben jij vraagteken?
Ik stel mezelf vaak vragen.
In je feestelijke gewaad
Zie je eruit als een rechter.
Jij bent het gelukkigste leesteken
Want jij krijgt tenminste antwoord.)

Ik begreep het Frans, maar niet wat er bedoeld werd, niet helemaal. Meteen rechts van het gedicht was een bel. Sonnette. Ik haalde een keer diep adem en drukte op het onschuldige witte vierkantje. Een camera-oog, rood, glanzend, flikkerde en zwenkte achter de dikke glazen deur. Toen hoorde ik een zoemer en werd ik binnengelaten in een luchtsluis, precies als in het Sainte-Anne. Binnen had je weer dezelfde roomgele muren, dezelfde kunstverlichting, dezelfde luchtloze, raamloze gangen, dezelfde kantoorruimte van gepantserd glas, twee andere vrouwen, maar met dezelfde argwanende uitdrukking op het gezicht.

'Vous avez rendez-vous avec quelqu'un?' Een van de vrouwen stond me aan te staren terwijl de ander over haar afsprakenboek gebogen zat.

'Nee. Ik kom uit Engeland. Ik kom voor Paul Michel.' Deze keer kwam er onmiddellijk een reactie.

'Ah, lui.' Ze keken elkaar aan en de oudste van de twee, met haar dubbelfocusbril aan een fluwelen lintje, richtte haar blik op mij met een onmiskenbare opwelling van ergernis en woede.

'Wat bent u van Paul Michel?' vroeg ze kortaf. Ik vertelde de waarheid.

'Ik ben zijn lezer. Gekomen om hem te zoeken.' Deze keer gebruikte ik het Franse woord, 'lecteur', maar met zo'n professionele zelfverzekerdheid dat ze geen verdere vragen stelde.

'Asseyez-vous. Vul deze bezoekerskaart in. Naam. Adres in Clermont. Vous avez une pièce d'identité? Ik zal dokter Vaury bellen.'

Ik ging op de bank tegenover de glazen doos zitten en toog aan het werk met mijn onvermijdelijke dossier. Toen zag ik dat iemand op de buitenkant van het kantoor nog meer graffiti had geschilderd. Het was dezelfde hand die de machtige slogan boven de ingang had geschreven. Deze keer vormde hij een aureool boven het grijze hoofd van de vrouw in de administratieve bunker.

JE T'AIME A LA FOLIE
(Ik ben stapelgek op je)

De tekst was verwoed weggewassen en -geschrobd, maar de letters stonden er nog, duidelijk leesbaar. De oudere vrouw zag me de slogan lezen en haalde haar schouders op.

'Dat is die Paul Michel van u. Vandaal.'

Ik voelde een rilling door me heen gaan. Hij was hier en het teken aan de wand was van zijn hand.

'Mag ik roken?' vroeg ik beleefd. Er waren geen asbakken te zien.

'Nee,' zei ze.

Ik zat zwijgend tegenover hen, geïntimideerd, ten prooi aan mijn opwinding.

Opeens, zonder waarschuwing, stond een jonge vrouw die er nauwelijks ouder uitzag dan ik, wit gejast, naast mij. Ze gaf de feiten weer zonder commentaar.

'U bent voor Paul Michel gekomen.'

Ik ging staan. Ze gaf me geen hand.

'Loop even met me mee, als u wilt.'

Ik volgde haar door smetteloze, stille, lege gangen, slechts verlicht door tl-buizen aan het plafond, geel, gedempt. Er was geen geluid. De deuren waren allemaal dicht. Op de vloer lag kostbaar, zachtwit linoleum dat sterk naar bleekmiddelen rook. Er was één schilderij, een banaal groen landschap dat hoog aan de muur hing, buiten al te makkelijk bereik. Ze deed een deur open waar DR PASCALE VAURY op stond en gebaarde dat ik voor haar naar binnen moest gaan.

Haar kamer was angstaanjagend schoon, maar er waren posters, een zwarte leren bank die in een hoek was geschoven, een enorm, betralied, boogvormig venster dat uitkeek op een geometrische binnenplaats met lange lanen keurig gesnoeide linden en smetteloos witte grindpaden. Door de dikke vitrage zag ik vreemden voorbijgaan, sommigen in habijt, rechtop, met kwieke stap, anderen schuifelend en voorovergebogen, alsof ze gefolterd werden, onkundig geknotte bomen. De zon drong niet in haar kantoor binnen, maar hield halt op de vensterbank, zodat je buiten een gloed van fel licht had, terwijl het binnen sober bleef, gedempt, grimmig. Het kantoor was compleet geluiddicht gemaakt. Ik hoorde niets behalve haar bewegingen en de mijne. Ze nam plaats aan de andere kant van het bureau en stelde voor om Engels te spreken.

'Ik krijg niet vaak de kans om te oefenen,' zei ze, 'alleen tijdens conferenties. Waar voelt u zich prettiger bij, Frans of Engels?'

'Nou… ik studeer Frans,' gaf ik toe, 'sterker nog, ik bestudeer Paul Michel.'

'Ah,' zei ze, alsof dat alles verklaarde, 'u bent met een onderzoek bezig.'

'In zekere zin.'

'Sorry, hoor, maar u lijkt me zo jong om onderzoek te doen.'

'Valt wel mee.'

'Weet u waarom Paul Michel hier zit?'

'Ja. Ze zeggen dat hij gek is.'

Ze haalde haar schouders op en glimlachte half.

'In die termen spreken we hier zelden. Misschien moet ik het uitleggen. Paul Michel is opgenomen op grond van artikel 64 uit het Wetboek van Strafrecht. Hij is gediagnosticeerd als paranoïde schizofreen. Het was een HO, dat staat voor Hospitalisation d'Office, en dat wil zeggen dat hij krachtens een ordre préfectoral op een gesloten afdeling is geplaatst. Hij is in het verleden zeer gewelddadig geweest, gevaarlijk zelfs toen hij *en plein crise* was. Maar eigenlijk is hij al een hele tijd niet fysiek agressief geweest, niet jegens anderen, zelfs niet jegens zichzelf.'

'Die graffiti is van hem, hè? Op de muren.' Mijn vingertoppen tintelden. Hij was ergens boven mij, dicht bij mij.

Pascale Vaury lachte.

'Ja hoor, die is van hem. Eerlijk gezegd waren we daar best blij mee. Hij wist buiten te komen. Dat lukt hem altijd. Het is een van zijn specialiteiten, maar deze keer ontsnapte hij niet, maar beschilderde alle muren. U zou de gedichten op de herentoiletten moeten zien.'

'Kent u hem goed?'

'Hem kennen? Ja, ik dacht het wel. Ik ben zijn arts hier. Ik heb hem een jaar of zes geleden voor het eerst ontmoet, toen hij nog in het Sainte-Anne in Parijs zat. Hij is enorm veranderd in die tijd.'

'Mag ik hem bezoeken?'

'Ja natuurlijk. Maar ik moet u wel vragen niet te lang te blijven. Er zal toezicht worden gehouden. Dat lijkt me het beste. En ik moet u waarschuwen, het kan zijn dat hij zich niet bijster welwillend opstelt. Hij is aan ons gewend, en aan het ziekenhuis, maar met vreemden is hij vaak heel moeilijk. Wees niet teleurgesteld. Hij is niet de schrijver die u zoekt. Of de persoon over wie u misschien hebt gelezen. Hij is heel ziek. Hij lijdt verschrikkelijke pijn, de hele tijd.'

'Pijn?' Daar had ik niet aan gedacht. Ze keek me recht in de ogen, ijskoud, beschuldigend, en sprak in het Frans.

'Ja. Pijn. Krankzinnigheid is een ergere vorm van lijden dan welke andere ziekte ook. *Folie* – het is het meest trieste woord dat ik ken. Geen lichamelijke ziekte die erop lijkt. Het is het verschrikkelijkste dat je ooit kan overkomen. Het maakt elk aspect van je leven kapot. Het maakt je compleet kapot.'

'Waarom werkt u dan met ze? Als het zo verschrikkelijk is?' vroeg ik opeens verbaasd.

Ze ontspande zich weer. En ging weer door in het Engels.

'Het is heel uitputtend. Heel vermoeiend. Er komt veel druk bij de families vandaan. En er is veel druk om ze opgesloten te houden. De samenleving is verschrikkelijk bang om hen die ze gek noemen onder de zogenaamd normale mensen te laten wonen. Er is veel meer tolerantie jegens alcoholistisch gedrag, wat vaak niet eens zo anders is. Ik werk nu zeven jaar in de Franse psychiatrie. Dat is een lange tijd. Je wordt aangevallen, uitgescholden. Maar je leert wel om dingen anders te zien.'

Ze pakte een pen op en liet die rondjes draaien in haar handen.

'Je ziet meer samenhang. Je accepteert dingen. Je bent opener. Toleranter. Als ik genereuzer, opener ben dan toen ik nog studeerde is dat in hoge mate te danken aan mannen als Paul Michel.'

Ik was geroerd, nieuwsgierig, ontdaan. Ze stond op en pakte de telefoon.

'Hervé? Oui. Ecoute – ik heb hier bezoek voor Paul Michel. Is hij op? Ja? Akkoord. Zeg hem dat er iemand voor hem is uit Engeland. Over twee minuten zijn we boven. Bel de administratie en de bewaking. Ik zal het op kantoor melden. Ja. Het kan zijn dat je een oogje in het zeil moet houden. Nee. ze hebben elkaar nooit ontmoet. Hij doet onderzoek. Akkoord. Tot over een minuut.'

Ze keek me aan. Ik voelde twee rode vlekken op mijn wangen verschijnen. Ik was verschrikkelijk opgewonden.

'Volg mij. Niet staren. Ach nee, u bent een Engelsman. Engelsen staren niet naar andere mensen zoals wij dat doen. Jullie hebben betere manieren.' Ze glimlachte, en zag er opeens uit als een jong meisje. Haar haar ritselde op haar kraag terwijl ik de rinkelende sleutels door de gang volgde. Ze hield haar handen op haar sleutels. Het geluid hield aan, een zacht klingelen van metaal terwijl de sleutels tussen haar vingers draaiden. Ze sprak een paar woorden tot de vrouwen in de glazen doos en sloeg toen linksaf naar de lift.

Terwijl we naar boven gingen, steeds hoger in een dool-hof van stilte, vertelde ze wat over de afdeling, de nieuwe kliniek, de kindervleugel. Ik realiseerde me dat het zieken-huis gigantisch was, dat ik werd omringd door een kleine stad, een stad bewoond door jongeren, mensen van mid-delbare leeftijd, hele oude mensen, een stad voor gekken. Maar wat griezelig was, vond ik het feit dat we niemand zagen. Er waren geen artsen, geen verpleegsters, geen pa-tiënten op de gangen. De vleugel die we betraden was ab-soluut stil. Ik zag niets dan groene gangen met gesloten deuren. Dokter Vaury haalde haar sleutels te voorschijn en maakte één groene deur open, die ze achter mij van bin-nen weer op slot draaide. Een handgeschreven briefje was met plakband aan de deur voor ons bevestigd.

ST JEAN

Ze maakte die deur voorzichtig open en keek om zich heen toen we naar binnen gingen. Vervolgens deed ze de

deur weer op slot. Het was een grote open ruimte, spaar-
zaam gemeubileerd; een televisie pruttelde, hoog aan de
muur. In de ramen zaten tralies en dikke, ondoorzichtige
vierkanten gepantserd glas. Er lag rommel op de grond,
proppen papier die achter stoelen waren gesmeten, en de
geur was onmiskenbaar die van urine en uitwerpselen.
Twee mannen, met afgrijselijk verwrongen paarse gezichten en een wezenloze blik in de ogen, schuifelden eindeloos door de ruimte. Ze waren wit, mager, vel over been;
een van hen hield een arm, verdraaid en stijf, tegen zijn
borst gedrukt. Ze roken ongewassen, muf en oud.

Dokter Vaury groette beiden bij naam en schudde ze de
hand alsof het rationele levende wezens waren. Maar ze
stelde mij niet voor, ze knikte slechts en ik volgde haar
naar een kantoor dat tevens dienst deed als keuken. Een
vrouw die tussen haar papieren zat te werken keek op.

'Pascale – bonjour...' Ze begonnen een andere patiënt
te bespreken.

Ik keek naar de dossierkasten, de begonia. Het kantoor
was menselijk, warm; maar de stank was hardnekkig. Die
hing overal. Ik voelde een grote golf van misselijkheid in
mijn maag opwellen.

'Volg mij, als u wilt.' We liepen verder, drongen dieper
en dieper door in de kolos. Weer twee deuren, van het slot
gedaan en weer op slot gedraaid. En toen stonden we in een
gang met aparte slaapkamers. De geur was ondraaglijk,
een scherpe bijtende vlaag van recente mensenpis. Ik wierp
een blik door een van de open deuren; het was een chaos in
die kamer, kleren waren op de grond gesmeten, hingen aan
de radiator, een kapotte plastic pot tolde nog over de vloer
en de muren waren besmeurd met verse ontlasting.

Een grote blonde man in smetteloos gesteven wit kwam
de kamer uit en begroette ons. Hij schudde mij de hand.
Hij was hartelijk, opgewekt, geruststellend.

'Dus jij komt voor Paul Michel? Die krijgt niet veel bezoek.' Hij glimlachte warm. 'Dit is mijn afdeling. Je zult
wel nooit eerder een eenheid als deze gezien hebben. Maak

je geen zorgen. Ik heb hem gezegd dat je in aantocht was. Zou je even in het dagverblijf aan het eind van de gang willen wachten?'

Er zat geen deur in. Ik betrad een andere kale, donkere ruimte met een kwetterend televisietoestel, veilig buiten bereik aan de muur bevestigd. Er stonden vier zware rubberen stoelen met metalen buizenframes. Er stond een grote spelletjestafel, een tafelvoetbalspel, met de poten aan de grond geschroefd. En verder niets. Er waren geen tijdschriften, geen schilderijtjes, geen vloerbedekking. Op de muren zat een dofgroene glansverf. Het ene raam ging schuil achter tralies. Het zonlicht was verduisterd. De stank van faeces was overweldigend.

'Ik zal hem zeggen dat je hier bent,' zei de smetteloze witte broeder, met een grote, gloeiende glimlach. 'Hij komt er zo aan. Dokter Vaury en ik zitten binnen gehoorsafstand op de gang als je ons nodig mocht hebben.'

Ik leunde tegen de muur, bevend. Er was geen asbak, geen ventilatie. Ik vroeg niet om toestemming. Ik stak een sigaret op. Ik hoorde hem niet binnenkomen. Eerst was het vertrek leeg. Toen stond er een man verschrikkelijk dicht bij me, te dicht, en hij keek recht in mijn ogen. Hij was mager, bleek, ongeschoren, zijn t-shirt hing slap en vlekkerig voor zijn borst. Zijn ogen glansden – woest, betoverend.

'Comment tu t'appelles, toi? Je komt toch uit Engeland?' Hij stapte moeiteloos, foutloos van de ene taal op de andere over. 'Hoe heet je?'

Zonder zijn ogen van mijn gezicht af te nemen pakte hij sigaretten en aansteker uit mijn hand, stak er een op, haalde toen, nog steeds zonder zijn ogen neer te slaan, twee sigaretten uit het pakje en gaf die aan mij terug. Het pakje stak hij in zijn achterzak. Hij draaide mijn aansteker een paar keer in zijn handen rond, waarna hij hem, met tegenzin, aan mij teruggaf.

'Uh...eh. De aansteker kan ik niet riskeren. Ze laten me niet zonder toezicht roken.'

'Waarom niet?' Ik was afgrijselijk bang voor deze magere, ongeschoren geest.

Hij lachte wat.

'Ik steek de afdeling in brand.'

'Met opzet?' Het klonk stom, zelfs in mijn eigen oren.

'Doe niet zo onnozel. Niemand sticht per ongeluk brand.'

'Maar het zou je dood kunnen zijn.' Als hij ergens niet mee zat, was dat het wel.

'Nou ja, ik zou in elk geval een paar van die andere klojo's meenemen. Hoe zei je dat je heette? Ze hebben het me wel verteld. Nee, niks zeggen. Ik zal me je naam vermoedelijk nooit weten te herinneren.'

We stonden elkaar aandachtig aan te staren. Hij was van mijn lengte, twee lange lijnen waren aan weerszijden van zijn mond gekerfd. Maar het was hetzelfde gelaat, dezelfde geheven kin, dezelfde ogen. Ik had nog altijd geweten wie hij was.

'Ik wist niet dat u Engels sprak.'

'Natuurlijk spreek ik Engels. Dat heb ik op school geleerd. Net als iedereen. Ik heb zelfs Shakespeare gelezen. Ze zeggen dat je mijn werk bestudeert. Waarom heb je geen studie van Shakespeare gemaakt? Hij was net zo opstandig als ik. Op zijn eigen majestueuze wijze. En net zo'n flikker.'

'Ik heb Frans gestudeerd.'

'O ja? Geef me nog een sigaret.' Hij pikte een van de twee die ik over had terug, stak hem aan met zijn smeulende peuk en wreef die vervolgens met zijn hak op de vloer uit.

'Hoe zei je dat je heette?'

'Heb ik niet gezegd.'

'Nou, vertel het ook maar niet, petit. Ik vraag nooit naar jullie namen. Als je iemand in zijn kont neukt, vraag je niet hoe hij heet.'

Ik schrok een beetje terug, verbijsterd. Hij grinnikte boosaardig.

'Heb je ooit naar iemands dood verlangd? Zozeer dat je het gevoel had dat je zou kunnen doden, domweg door je verlangen de vrije teugel te laten?'

'Nee.'

Ik beet op mijn lip. Hij gaapte me aan, betoverend.

'Je ziet eruit als een dwaas. Hoe zei je dat je heette? Ben jij ook zo'n onderzoeker?'

'Ja.'

'Zeker gekomen om mij te beschrijven in je proefschriftje over het verband tussen krankzinnigheid en creativiteit?'

Hij liet een afschuwelijk gekraai horen en zijn gelaatsuitdrukking werd volslagen grotesk. Ik huiverde licht. Hij keek opeens verlekkerd en duwde zijn neus zowat in mijn gezicht. Hij proefde aarzeling en angst en buitte zijn voordeel onmiddellijk uit.

'Dus jij bent ook weer zo'n scharrelaartje, zo'n zeikerige, leugenachtige gluurder. Jij bent niet de eerste, weet je. Ik heb tientallen van jouw soort genaaid.'

Instinctief vocht ik terug.

'Ik schrijf niet over krankzinnigheid. Je mag dan een smeerlap wezen, maar volgens mij ben jij niet krankzinnig. En ik schrijf een dissertatie over je werk. Je fictie, godverdomme.' Opeens verloor ik mijn kalmte en schreeuwde: 'Ik schrijf niet eens over jou.'

Meteen verschenen Pascale Vaury en de broeder in de deuropening.

'Alles goed?' vroeg ze.

Paul Michel draaide zich vliegensvlug om en keek haar minachtend aan. Toen zei hij spottend: 'O ja, dokter Vaury. Natuurlijk, dokter Vaury. Alles is goed. Alles is fantastisch. Geen probleem. Ne t'inquiète pas. Tout va bien.'

De broeder haalde zijn schouders op en ze trokken zich terug.

Paul Michel keek me aan met gretige wraakzuchtigheid. Hij had eindelijk bloed geroken.

'Hoe zei je dat je heette?' vroeg hij, een en al uitdaging, lurkend aan zijn sigaret.

'Dat weet je heel goed,' snauwde ik.

Zijn hele gezicht veranderde. De lijnen veranderden van ligging, zijn ogen gingen verder open. Hij glimlachte.

'Maar ik vergeet het de hele tijd.' Hij pakte voorzichtig mijn arm en trok me mee naar een van de met rubber beklede metalen stoelen. 'Kom, ga zitten.'

Hij grijnsde naar me, en zijn glimlach was vol bezwerende goedgemutstheid en argeloosheid. Ontwapend lachte ik. We gingen zitten, nog dichter bij elkaar, onze knieën tegen elkaar aan, en rookten in stilte.

'Hoe lang zit je hier al?' vroeg ik.

'Op deze eenheid? Een jaar.' Hij bleef me met een verschrikkelijke concentratie aangapen. Opeens deed hij me aan mijn germaniste denken. Het was dezelfde uilachtige, onderzoekende intensiteit. Ik was onthutst.

'In Parijs zeiden ze dat je de hele tijd ontsnapt. Al snap ik niet hoe.'

Hij glimlachte weer. Dezelfde prachtige, transformerende glimlach.

'Voilà,' zei hij. 'Dat is beroepsgeheim. Je kunt de verbeelding insluiten. Je kunt haar met medicijnen uitroeien. Je kunt haar zelfs op hol laten slaan. Maar je kunt haar niet achter slot en grendel houden. Hoe oud zei je dat je was?'

'Heb ik niet gezegd. Maar ik ben tweeëntwintig.'

'Te jong om een boek over mij te schrijven. Te jong om mij te lezen zelfs. Waarom heeft je moeder daar geen stokje voor gestoken?'

Ik lachte met hem mee.

'Vergeet niet – ik schrijf over je werk, niet over jou.'

Hij glimlachte weer.

'Maar wat, mon petit – heb je hier dan in godsnaam te zoeken?'

En toen voelde ik de verandering. Het was alsof hij zich van me had losgeweekt in een grote, wegtrekkende golf, het enige wat restte was de heftige beweging van meege-

sleurd zand en kiezelstenen. Plotseling wist ik hoe gevaarlijk hij was.

'Geef me nog een sigaret.'

'Jij hebt het pakje ingepikt.'

Hij hield zijn ogen strak op me gericht terwijl hij opstond om het pakje uit de achterzak van zijn spijkerbroek
te trekken. Hij was verontrustend mager. We rookten nog
een sigaret. Toen zei hij: 'Wie ben jij?'

Ik aarzelde. Ik zei: 'Ik ben je lezer. Je Engelse lezer.'

Zijn hele lichaam vlamde even, als een smeulend vuur,
aangewakkerd door de wind, om vervolgens uit te doven
in een volkomen duisternis. Hij ging verstard zitten. Toen
zei hij, duidelijk, langzaam, zonder enige dreiging afgezien van het dempen van zijn stem: 'Ga weg. Voor ik je
vermoord.'

Pascale Vaury verscheen in de deuropening. De stank
van warme stront drong het vertrek binnen.

'Ik geloof dat het wel weer genoeg is voor vandaag,' zei
ze alsof we een uitputtende sessie fysiotherapie aan het af-
ronden waren. Ik deinsde achteruit voor de fonkelende,
verschrikkelijke ogen van Paul Michel. Ik was zo geschokt
en bang dat ik hem geen hand gaf en niet eens gedag zei. In
plaats daarvan strompelde ik weg, achter Pascale Vaury
aan, door alle afgesloten gangen van de geest. Haar witte
jas symboliseerde Orfeus, op de terugweg naar het licht.
Maar ik was degene die niet achterom mocht kijken.
De verschrikkelijke scherpe stank verdunde, verdween,
maakte plaats voor bleek- en poetsmiddelen. De dokter
praatte kalm tegen me, over haar schouder. Ik ving een
woord of twee op, maar begreep niets. We daalden alle
lege trappen af, die onbetreden waren, leeg. Toen stond
ik weer voor het glazen kantoor. Minder dan een uur
was verstreken. Het was allemaal voorbij.

Pascale Vaury stond me de hand te schudden.

'We hebben uw adres in Clermont? Blijft u nog lang?'

'Ik weet het niet.'

'Nou, belt u me maar als u hem nog een keer wilt opzoeken. Ik kan het beste beoordelen of dat mogelijk is of niet. Dag.'

Ik stond op straat, ziek, misselijk, doodsbang en zonder sigaretten. Ik keek op naar de raadselachtige boodschap van Paul Michel.

J'AI LEVE MA TETE ET J'AI VU PERSONNE

Woedend richtte ik me tot de blinde roomgele muur en schreeuwde het uit.

'Je zegt dat je hebt opgekeken en geen mens hebt gezien. Dat is niet waar. Je hebt mij gezien. Ik ben hier geweest. Ik ben voor jou gekomen. Je hebt mij gezien.'

Een auto reed voorbij. De chauffeur staarde. Ik stond voor het grootste psychiatrische ziekenhuis van Midden-Frankrijk, te roepen en te schreeuwen naar woorden op een blinde, roomgele muur.

Het was even na elven 's morgens. Ik liep de smalle straatjes in, weg van het ziekenhuis, bijna hysterisch van teleurstelling, frustratie en razernij. Ik had hem eindelijk gevonden, mijn verloren schrijver, en hij had me verjaagd, niet verwelkomd, niet gemoeten, niet gehoord. Ik had niets meer. Op een gegeven moment stond ik op het Place de la Victoire, liep regelrecht een café in en bestelde een pakje sigaretten en een pilsje. Ik at niet. De hele middag dwaalde ik door de van toeristen vergeven straten van Clermont en haatte de grote, zwarte, rumoerige stad, de straathandelaars en de marktkooplieden, de rondreizende kermis die het plein stukbeukte met muziek. Ik ging naar allerlei cafés, waste mijn gezicht in een openbare fontein, babbelde met twee dealers, neusde zonder enthousiasme bij wat boekenstalletjes en rookte de ene sigaret na de andere tot mijn mond smaakte als een asbak. Het was bijna zes uur toen ik in Romagnat uit de bus stapte.

Ik stond nog te hannesen met de sleutels die mijn hospita me gegeven had toen de deur open vloog. Daar stond ze, één brok opwinding, de grommende poedel in haar armen genesteld.

'Vlug! Vlug! Hij is aan de telefoon. Je gek is aan de telefoon. Hij heeft al twee keer gebeld. Hij klinkt normaal. Vlug!'

Ik snelde de hal binnen, baande me een weg door haar massa meubilair, ornamenten en kanten tafelkleedjes. Ik griste de hoorn op.

'Bonsoir, petit. T'es rentré? Ecoute, je m'excuse. Het spijt me. Ik was niet erg behulpzaam. Ik vond het leuk je te ontmoeten. Kom morgen terug. En neem nog wat sigaretten voor me mee.'

Het was zijn stem. Ik was verrukt.

'Dreig je altijd je bezoek te vermoorden?'

Hij lachte; een warme, bijzondere lach.

'Eh bien, oui, tu sais... geregeld. Maar niet heel serieus.'

'Je klonk mij serieus genoeg.'

'Voel je gevleid, petit. Er zijn niet veel mensen die ik serieus neem.'

'Wil je me echt weer zien?'

Er viel een stilte. Toen zei hij: 'Ja. Heel graag. Ik krijg niet vaak de kans mijn lezers te ontmoeten. Kom morgen terug. Beloof je het?'

'Ik beloof het.'

Ik legde de telefoon neer en kuste mijn verbaasde hospita. De poedel was buiten zinnen en blafte aan één stuk door. Tegen de tijd dat haar man thuiskwam zaten we aan ons tweede aperitiefje om het te vieren. Ik had haar alles verteld wat er gebeurd was, elk detail, verscheidene keren, in een delirium van opwinding, en ze was betoverd.

De volgende dag was het ongemeen heet. Het was een zondag. Madame Louet gaf haar geraniums om acht uur water. Om halftien verdampten de druppels al op de stenen. Er reden geen bussen, maar ik stelde voor om de heuvel af naar de stad te lopen. Madame Louet zei dat ik niet zo gek moest doen, kaapte de auto en weg reden we, door de lege straten, onder klokgelui van de kathedraal, naar de smalle poort van het Sainte-Marie.

Ik stelde me quasi-zielig op voor de draak in de glazen doos. Deze keer was de gang niet helemaal leeg. Twee oudere vrouwen zaten zij aan zij op de bank, en volgden met hun ogen elke beweging die ik maakte. De vrouw zette haar bril af.

'Vous encore?' snauwde ze. Ik knikte.

'U hebt niet gebeld. Dokter Vaury heeft u gevraagd te bellen als u terug wilde komen.'

'Nee. Maar Paul Michel heeft me gebeld.'

'Dat is geen arts. Dat is een patiënt. Hij kan niet zomaar iedereen ontvangen die hij wil. U hebt geen enkele officiële permissie.'

'Kan ik dokter Vaury nu spreken?' Ik begon in paniek te raken.

'Ze heeft geen dienst.'

'Maar er moet toch iemand zijn.'

De vrouw keek me woedend aan. Ik was een hinderlijk verschijnsel. Ze pakte de telefoon en ruziede met iemand aan de andere kant van de lijn. Ik liep vertwijfeld over de gang op en neer. Elke stap werd kritisch gadegeslagen door de twee schikgodinnen. Hun handen plukten aan hun rokken.

'Ga zitten,' beval de vrouw in de glazen doos met razernij in haar stem en ze smeet de hoorn op de haak.

We wachtten allemaal. Mijn handpalmen waren nat van het zweet, zo bang was ik dat ik ervan weerhouden zou worden hem op te zoeken. In de matte, roerloze lucht en het kunstlicht keek ik naar mijn smerige gymschoenen en zonk weg in zieligheid. Toen geschiedde het wonder. Een hand klopte zacht op mijn schouder. Ik keek op en zag Paul Michel, boosaardig grijnzend. De smetteloos witte broeder stond achter hem. Ik sprong op en voor het eerst kuste mijn schrijver mij, drie keer, van de ene wang op de andere.

'Bonjour, petit. Jij kunt toveren. We hebben toestemming om in de tuin te wandelen.'

Zijn bewaker glimlachte breed. 'Hij is op parool. Maar

alleen in de tuin, hoor.' De broeder verdween met een gerammel van sleutels.

'Kijk. Een schoon shirt.' Paul Michel rechtte zijn rug.
Hij droeg goed gestreken witte kleren die vaag naar mot-
tenballen geurden. Hij zag eruit als een cricketkampioen
uit vervlogen tijden. Zijn gezicht was gespannen, ziek, uit-
gemergeld, opgewonden. Maar er was diezelfde betoverende, opstandige energie die ik eerder zo bekoorlijk, zo
verwarrend had gevonden. Hij inspecteerde me kritisch.

'Je zult je wel beter moeten kleden als je met mij uitgaat, jongen.' Ik stond onnozel naar hem te grinniken.
Hij lachte hardop, een enorme, spottende, galmende
lach.

'Als je naar de tuin gaat, ga dan,' bulderde de draak.

'Calme-toi, mon amour,' koerde Paul Michel met een
geile blik in de glazen doos. Hij slenterde weg. Ik mocht
nog even verontschuldigend knikken naar de administratie en de gele, gapende gezichten van de schikgodinnen en
holde toen achter hem aan.

Paul Michel wist precies waar hij heenging. We kwamen bij een andere smalle deur aan, met ernaast, aan de
muur bevestigd, een apparaatje. Hij drukte op een zoemer
en bracht zijn gezicht naar een roostertje.

'Libera me, mon amour,' fluisterde hij, een en al
charme en ondermijning. Ik realiseerde me dat de toegang
tot de tuin vanuit het kantoortje werd geregeld. Ik keek
over de geplaveide binnenplaats en kon nog net de draak
ontwaren. Ze tuurde uit haar raam. De deur zoemde open
en we traden naar buiten in de zon.

Paul Michel rekte zich uit als een kat, sloot zijn ogen en
hief zijn strakke, witte gezicht naar het licht. Hij nam me
bij een arm en leidde me weg door de lindelanen. Een van
de nonnen passeerde ons met grote passen, knikte naar
hem, bleef toen staan en keek agressief naar mij.

'Wie heb jij op bezoek, Paul Michel?' wilde ze weten.

'Mijn lezer,' zei hij kalm, 'maar ik heb geen idee hoe hij
heet.'

'Gedraag je,' zei de non, met een vage glimlach, 'en doe je niet gekker voor dan je al bent.'

'Yes sir,' zei Paul Michel in het Engels.

De non, die piepklein was, ging op haar tenen staan en woelde met een hand door zijn haar alsof hij een kind was.

'Gewoon je gedragen,' herhaalde ze, 'en je niet hysterisch roken.' Ze stapte voort.

'Dat is zuster Maria-Margaretha,' zei hij bij wijze van uitleg, terwijl we verder wandelden onder de lindebomen. 'Geweldig mens. Lult nergens omheen. Ze zegt altijd wat ze bedoelt. Ik mag de nonnen wel. Ze zijn directer dan de artsen. Staan meer open voor nieuwe ideeën, nieuwe methodes. Ze zijn ook heel verdraagzaam. Eén keer, toen ik een crisis doormaakte en eh, de boel een beetje kort en klein had geslagen, gaven ze me de zwaarste medicijnen en sloten me op in de isoleer. Zij was de enige die mij kon voeden, die tegen me aan kon praten. Ik kan het me allemaal niet zo goed herinneren. Maar ik herinner me haar gezicht, heel dicht bij me, de rozenkrans biddend, denk ik. Ze herhaalde steeds hetzelfde gebed. Ik geloof niet dat het nou zo speciaal het gebed was, maar de herhaling heeft een kalmerende werking. Niet veel later was ik beter.'

'Wat was nou de directe aanleiding voor die crisis? Komt zoiets bij vlagen?'

'Mmmm? Ja. Ik denk het. Laten we gaan zitten.'

'Je stoort je niet aan de nonnen?' Ik dacht aan het sterk anti-kerkelijke karakter van het werk van Paul Michel.

'Nee, nee,' zei hij, peinzend. 'Zuster Maria-Margaretha heeft een keer tegen mij gezegd dat de meeste heiligen voor krankzinnig werden gehouden. En dat hun opinies vaak weinig verschilden van de mijne.'

'Werkelijk?'

'Ja. Als je erover nadenkt, klopt het ook. Heiligen waren altijd zieners, marginalen, verstotenen, profeten zo je wilt. Ze haalden de hele tijd andere mensen over de hekel en droomden van een andere wereld. Net als ik. Ze werden vaak opgesloten en gemarteld. Net als ik.'

Zijn gezicht verduisterde. Ik leunde opeens naar hem toe en pakte zijn hand. Het was mijn eerste echte stap in zijn richting. Hij keek me aan en glimlachte.

'Ben ik een grote teleurstelling voor je, petit?'

'Nee,' zei ik naar waarheid, 'integendeel. Ik was kapot toen ik dacht dat je me niet wilde ontmoeten. Ik was dolblij toen je belde. Hoe heb je dit voor elkaar weten te krijgen?'

'Ik heb met Vaury gesproken. Zij is wel oké. Meestal. Ze heeft mijn boeken gelezen. Ik heb haar overgehaald me naar buiten te laten. Ik heb armenvol beloften gedaan. Elke keer dat ik jou belde stond zij naast me. Ik mag officieel niet bellen.'

'Waarom niet?' Ik kon zijn wereld van tralies en verboden niet bevatten.

'Eh, bien, well, petit – om je de waarheid te zeggen, de laatste keer dat ik de telefoon gebruikte heb ik de brandweer gebeld.'

'De wat?'

Hij knikte. 'Ze kwamen met ladders en koevoeten, begonnen de ramen in te slaan en lieten ons er allemaal uit.'

Ik begon te lachen en kon niet meer ophouden. Geen wonder dat de draak Paul Michel haatte. De man kende grenzen noch beperkingen. Ze hadden geen vat op hem. Ze hadden geen toegang tot zijn geest, terwijl hij de hunne volkomen begreep. Hij was een vrij man.

'Mais, t'es fou,' lachte ik onbedaarlijk.

'Exactement,' glimlachte Paul Michel.

We zaten samen in stilte te roken, voor het eerst volkomen op ons gemak.

'Vertel, petit... welk van mijn boeken bevalt je het meest? Ik neem aan dat je ze allemaal gelezen hebt als je je onderzoek grondig aanpakt.'

Ik knikte.

'Nou, welke?' Opeens was hij net een kind, hengelend naar een loftuiting, naar goedkeuring.

'*La Fuite*, denk ik. Dat heeft me het meest aangegrepen.

Maar technisch is *La Maison d'Eté* het beste. Tot dusver. Dat is je chef d'oeuvre.'

Hij zei niets, maar was duidelijk zeer tevreden. Na een poosje zei hij bedachtzaam: 'Ja, je hebt gelijk. *La Maison* is een perfecte roman. Maar koud, koud, koud. *La Fuite* leest als een debuutroman. Het is niet de eerste die ik geschreven heb, maar het heeft de emotionele energie van een debuut. En uiteraard, als elke onervaren idioot, kon ik mij er niet van weerhouden er alles in te zetten. Alles waarvan ik ooit gedacht had dat het veelzeggend was, belangrijk. Je schrijft je eerste roman met de vertwijfeling van de verdoemde. Je bent bang dat je nooit, nooit meer iets anders zult schrijven.'

Hij zag er gewoon uit, meditatief, een schrijver in ruste, met zonlicht en schaduw die over zijn gezicht schuiven terwijl de wind door de lindebomen speelt, en overal rondom de hoge, kale, roomgele muren van het gekkenhuis, de hoge poorten, de verzegelde ramen. Ik geloof dat het toen was dat ik mijn besluit nam. Al deed ik verder niets voor deze man die ik zo bewonderde, ik zou hem helpen uit deze gevangenis te ontsnappen.

We dwaalden door de geometrische patronen van rozenperken en bukshagen, prachtig gesnoeid, alsof we in het park van een château liepen. De wind was fris en heet op onze gezichten.

'Hoe houd je het uit? Boven? De stank, bedoel ik?'

'Tja petit, ik merk er allemaal niet zoveel van. Het was ook wel erg toen jij er was. Marc zat in een crisis. Hij had geen idee wie of waar hij was. Hoe dan ook,' hij keek me boosaardig aan, 'ik had in mijn jonge jaren voortdurend seks in toiletten dus voor mij is de geur van pis vrij erotisch.'

Ik voelde me onavontuurlijk, preuts en burgerlijk. Hij porde me tussen mijn ribben.

'Wat ben jij makkelijk te choqueren, petit. En dan probeer je het ook nog niet te laten merken. Typisch Engels. Ik had altijd zin om scheten te laten op jullie literaire partijtjes.'

Ik keek hem medelijdend aan, en had toen door dat ik geplaagd werd.

'Maar jij bent gewoon een exhibitionist. Jij zou nog gewoon voor de gein scheten laten en de boel kort en klein slaan.'

'Waar.'

Hij ging op de rand van de fontein zitten en rookte nog een sigaret. Het viel me op dat hij nooit lang achter elkaar kon lopen. Hij was verschrikkelijk frêle, onzeker in zijn bewegingen. Maar vergeleken bij de mensen die ik om ons heen over de paden zag strompelen was hij verbazingwekkend goed gecoördineerd en krachtig. Ik maakte een opmerking over het verschil.

'Mmmm.' Hij knikte. 'Ik neem minder medicijnen en grotere risico's. Ik blijf de dingen liever kennen en zien zoals ik ze ken en zie – gek zijn noemen ze dat hier, en dat hebben ze niet verkeerd – dan dat ik een nuchter acceptabel kasplantje word. De meeste mannen op mijn afdeling denken er zo over. Maar het is een hoge prijs om te blijven betalen, dag in dag uit.'

Het verstuivende water van de fontein liet glinsterende druppeltjes achter in de haartjes die zijn armen bedekten.

'Probeer niet gek te worden, petit,' zei hij zacht.

'Zou ik dat kunnen voorkomen?' vroeg ik.

Hij lachte.

'Nee. Waarschijnlijk niet. Sommigen zeggen dat het een erfelijke ziekte is. Of een chemische reactie in de hersens. De Fransen behandelen het met sterke medicijnen. Maar ze tasten ook rond in je jeugd op zoek naar redenen. En die zijn er niet.'

'Hoe is het om zo te zijn?' Ik had onmiddellijk spijt van mijn vraag.

Hij haalde hulpeloos zijn schouders op.

'Tja. Hoe is het? Wil je het echt weten?'

'Niet antwoorden als je dat niet kunt. Of als het je ziek zou maken.'

Hij lachte, zijn schallende, warme lach, en keek me aan.

Toen merkte ik op wat het werkelijke verschil was tussen hem en alle andere patiënten wier gezicht ik had ontweken. Het zat hem in zijn ogen; zijn vreemde, betoverende ogen waren absoluut helder, vastberaden, nog steeds onverstoorbaar, meedogenloos, taxerend.

'Nee. Erover praten maakt me niet ziek. En stort me ook niet in een verschrikkelijke crisis. Het is een toestand van vrees, van echte angst, extreme angstgevoelens. In het begin merkte ik dat ik altijd op de loop was, altijd haast had, alsof ik op de hielen werd gezeten. Je stelt je voor dat je gezocht wordt, vervolgd. En dan begin je te leven naar wat je gelooft. Maar het meest angstaanjagende is de manier waarop de kleuren veranderen. Ik zag de wereld in violetten, roden, groenen. Geen enkele subtiliteit; enkel primaire, schreeuwende kleuren. Je kunt niet eten. Het is alsof er pijn is, overal pijn. Je verliest het contact met de tijd. Alsof je een tunnel van kleuren binnengaat... Ik voerde een nummertje op. Dat weet je. Je hebt gelijk. Een geboren exhibitionist. Maar toen ik gek was, acteerde ik niet. Ik kon me niet uiten, behalve door geweld. Ik had het idee dat ik mezelf moest verdedigen. Het was alsof ik constant aan aanvallen blootstond. En ik had het gevoel dat ik geen vast lichaam had. Ik was doorzichtig.'

Terwijl Paul Michel praatte, mij strak aankijkend, hield ik mijn adem in.

'Vlak voordat ik voor de eerste keer gek werd, leed ik aan angstaanvallen, vlagen van een kwellende psychische angst. Ik was niet in staat wat voor vorm van contact met andere mensen dan ook te onderhouden. Zoals ik nu met jou zit te praten. Toen begon ik te hallucineren. Ik zag tanks in de straten van Parijs. Langzamerhand kon ik geen onderscheid meer maken tussen de wanen en de werkelijkheid. Ik was een vreemde voor mijzelf. Ik was een vreemde in de wereld.'

Hij keek op naar de bomen. Toen zei hij kalm: 'Je kunt je geen voorstelling maken van de verschrikking van de regelmaat. Ik ontdekte dat ik geschreven had – op mijn knieën, op mijn handen, op de binnenkant van mijn rechterarm. Toen ik dat zag, wist ik dat ik gek was.'

Hij stond op en liep bij me weg, een der beschaduwde paden af. Ik staarde naar de wisselende patronen op de rug van zijn witte shirt terwijl hij onder de bomen door liep. Ik liet hem alleen. Ik wachtte.

Uiteindelijk kwam hij weer voor me staan en keek van boven recht in mijn bange gezicht. Even aanschouwde hij mijn angst. Toen boog hij zich voorover en nam mijn kin in zijn hand.

'Niet bang zijn, petit. Dat is verleden tijd.'

'Dat weet ik. Jij bent niet gek. Dat ben je niet. Waarom ga je niet weg?'

Ik was bijna in tranen. Hij lachte, kwam naast me zitten.

'Waar zou ik heen moeten?'

'Maar zijn er dan geen – ik weet niet – centra voor dagopvang, of zoiets?'

'O ja, het Centre d'Accueil, en mijn God, het Hôpital de Jour. Waar je Engels en pottenbakken kan leren. Ecoute, petit – ik kan heel goed Engels en potten kunnen me geen reet schelen.'

We lachten allebei. Toen zei ik fel: 'Ik krijg je hier wel uit. Kom met mij mee.'

Paul Michel flonkerde even. Dezelfde gloed die ik al eerder had gezien, en die mij met doodsangst had vervuld. Maar het bleef bij een flits.

'Voorlopig zul je bij mij moeten komen, petit,' zei hij. 'Ik moet mezelf nu weer opsluiten. Kom je morgen terug?'

'Elke dag,' zei ik. 'Zo lang als nodig is.'

We keken elkaar aan. Ik legde het niet uit. Hij begreep het.

En zo begon het, een bizar ritme dat op een hallucinatie ging lijken. Dag na dag gooide ik de luiken open en zag de vulkanen van de Auvergne glinsteren van hitte, de lucht een agressief, egaal kobaltblauw dat verbleekte met het verstrijken van de dag. Ik wendde mijn blik af van de stille, puistachtige ronde toppen en liet hem rusten op de militaire geledederen van porseleinen wezens. Dag na dag nam ik de bus naar het Sainte-Marie en bracht al mijn tijd door met Paul Michel. Soms praatten we onophoudelijk, uren achtereen, dan weer zaten we zwijgend bij elkaar te roken. Ik kocht broodjes voor hem, kauwgum, blikjes bier en cola, chocoladerepen, cakejes van de patisserie om de hoek, talloze pakjes sigaretten. De hele toelage die ik had gekregen om zijn werk te bestuderen spendeerde ik aan hem. Ik liet hem wandelen in de zon.

'Je moet weer op krachten komen,' drong ik aan.

Ik was al plannen aan het maken voor de uitbraak.

En elke avond vertelde ik Paul Michel na, voor een geboeid publiek bestaande uit monsieur en madame Louet. Ze was naar een boekhandel gegaan om een boek over schizofrenie te kopen en had ontdekt dat er alleen al in Frankrijk een half miljoen waren gediagnosticeerd.

'Het kan iedereen overkomen, op elke leeftijd,' zei ze, met een onheilspellende blik op haar echtgenoot.

Pascale Vaury hield toezicht op mijn aanwezigheid, waakzaam, maar zonder tussenbeide te komen. Ik kwam nooit meer boven, op de gesloten afdeling. Ik had permissie om de hele dag bij hem te blijven, en we wandelden altijd in de tuin. De draak begon mij in rechtstreeks verband te brengen met de brutaliteit en toenemende energie van Paul Michel. Ze verschafte me de eer mij ook te gaan haten. Toen we ongeveer een week verder waren, nam ik bloemen voor haar mee, puur vanwege het plezier getuige te zijn van haar woede terwijl ze mij bedankte.

Soms praatten we over het schrijven.

'Ik stel dezelfde eisen aan mensen en aan fictie, petit – ze moeten een open einde hebben, de mogelijkheid in zich dragen om wie ze dan ook maar ontmoeten te zijn en te veranderen. Dan werkt het – de dynamiek die er altijd zijn moet – tussen schrijver en lezer. Dan hoef je niet te vragen of het mooi is, of het afzichtelijk is.'

'Maar dat geldt niet voor wat jij geschreven hebt,' interrumpeerde ik. 'Denk aan wat ze van je zeggen. Ze hebben het over je soberheid, je classicisme. Jij bent nergens te vinden in je teksten. Er is alleen die koude, abstracte, gezichtloze stem. Zelfs wanneer je het over dingen hebt die andere mensen – nou ja – choquerend vinden.'

'En jij vindt ze niet choquerend, petit?' Hij keek me ironisch aan, van een immense afstand.

'Nee. Nou ja, misschien een beetje. Maar niet half zo choquerend – nu ik je ken – als die koude, koude perfectie die je in je werk legt – die absolute afstandelijkheid.'

'Eigenlijk zou ik moeten zijn zoals ik schrijf, hè?'

'Nee, nee.' Ik was buiten mezelf. Ik had het gevoel dat we het zand op de bodem van de rivier aanraakten. 'Dat bedoel ik niet. Het is alleen zo dat als je vindt dat fictie een open einde hoort te hebben, dat je dan ook ruwe oppervlakken zou moeten produceren, niet van die gladde perfecte monumenten die jij schrijft. Ze zijn prachtig, prachtig. Ik houd van jouw werk. Dat weet je. Ik heb jaren doorgebracht met je boeken te lezen en te herlezen. Maar ze hebben geen open einde. Dat hebben ze niet. Het zijn hermetische teksten.'

Hij keek op me neer.

'En jij voelt een koude luchtstroom. Is dat het, petit?'

'Ja. Ja, inderdaad. Dat is niet het probleem, het is gewoon een feit. Er zit iets kils in die schoonheid, dat cynisme, die afstandelijkheid. Een angstaanjagende onverschilligheid. Meedogenloosheid, bijna.'

Hij keek me ingespannen aan. Ik had het gevoel dat ik te veel had gezegd. Toch, nu ik hem kende, kon ik niet geloven dat hij die boeken geschreven had.

'Het spijt me. Ik wil niet kritisch overkomen. Je bent alleen de meest hartstochtelijke man die ik ooit heb ontmoet. En je lijkt in niets op wat je schrijft.'

'Misschien,' zei hij, terwijl hij zijn sigaret in het zand gooide, 'misschien, als je geeft, als je verschrikkelijk, schrijnend veel geeft om de toestand in de wereld, en je niets anders verlangt dan absolute, radicale verandering, misschien bescherm je jezelf dan wel met abstractie, met afstand. Misschien is de reserve in mijn werk de maat van mijn persoonlijke betrokkenheid. Misschien is die kilte die jij beschrijft een noodzakelijke illusie.'

We bleven een poosje zwijgend zitten, liepen toen om de fontein heen.

Eén keer praatten we over eenzaamheid.

'Dat is een van je hoofdthema's,' zei ik. Ik klonk als de rechter die zijn gevangene eindelijk klem had in een beklaagdenbank van geraniums. 'Maar je laat je er nooit expliciet over uit. Behalve in *L'Evadé* en dat is het enige boek waarin je een ik-figuur als verteller gebruikt. In je hele werk.'

Ik zei er bewust niet bij dat *L'Evadé* ook het laatste was dat hij geschreven had, afgezien van de spreuken op de muur. Hij keek naar het zand onder zijn voeten.

'Vraag je mij of ik eenzaam ben, petit? Of vraag je mij iets meer over mijn werk te vertellen?'

Ik realiseerde me dat die twee, die ik voor mijzelf altijd apart, gescheiden had gehouden, niet langer los van elkaar te zien waren. Paul Michel en het verborgen drama dat uiting kreeg in zijn werk waren op volkomen en verschrikkelijke wijze versmolten. En dat proces was niet door hem op gang gebracht, maar door mij. Hij was het eind van mijn queeste, mijn doel, mijn graal. Hij was zelf het boek geworden. Nu vroeg ik het boek al zijn geheimen prijs te geven.

'Ik weet het niet,' zei ik, aarzelend. Hij realiseerde zich meteen dat ik mijn toevlucht had genomen tot de waarheid. We grijnsden naar elkaar, en alle gêne van het moment loste op in saamhorigheid.

'Jij bent een eerlijk ettertje,' glimlachte hij.

'Wel – er zijn twee soorten eenzaamheid, of niet? Je hebt de eenzaamheid van het absolute alleen-zijn – fysiek alleen leven, alleen werken, zoals ik altijd gedaan heb. Dat hoeft niet pijnlijk te zijn. Voor veel schrijvers is het zelfs noodzakelijk. Anderen hebben weer een vrouwelijke staf van huisbedienden nodig om hun boeken uit te tikken en hun ego's opgeblazen te houden. Het grootste deel van de dag alleen zijn betekent dat je naar verschillende ritmes luistert, die niet zijn bepaald door andere mensen. Ik denk dat het beter is zo. Maar er is een ander soort eenzaamheid die verschrikkelijk is.'

Hij zweeg.

'En dat is de eenzaamheid van het zien van een andere wereld dan de mensen om je heen. Hun leven blijft ver van het jouwe. Jij kunt de kloof zien en zij niet. Je leeft onder hen. Zij lopen op de aarde. Jij loopt op glas. Zij stellen zichzelf gerust met conformisme, met zorgvuldig geconstrueerde overeenkomsten. Jij bent gemaskerd, je bewust van je absolute anders-zijn. Dat is de reden dat ik mijn tijd altijd heb doorgebracht in bars – les lieux de drague – domweg om onder anderen te zijn die waren als ik.'

'Maar draait het er in de – eh – homoscene ook niet op uit dat iedereen op elkaar probeert te lijken?'

Ik was maar één keer in een flikkertent geweest. Mike en ik waren er per ongeluk binnen komen vallen, in de veronderstelling dat het een gewone pub was. Iedereen keek naar ons. We bleken de enigen te zijn die geen wit T-shirt en spijkerbroek droegen. Mike raakte in paniek toen hij besefte wat er gebeurd was en de blikken werden doordringend en geamuseerd. We goten ons bier van schrik zo snel mogelijk naar binnen en vluchtten weg, een massa strakke en geïnteresseerde blikken ontwijkend.

Paul Michel glimlachte ironisch.

'Tout à fait, petit. En ze waren altijd boos op mij omdat ik juist de vijandigheid van het anders-zijn omarmde. Omdat ik op perversiteit hamerde.'

'Maar,' kon ik mezelf niet weerhouden te vragen, 'als het al zo afschuwelijk en moeilijk is, waarom zou je dan niet proberen een groep te worden? Geaccepteerd te worden?'

Hij keek me even met fonkelende ogen aan en zei: 'Ik ben liever gek.'

Ik gaf het op.

'Ik begrijp je niet.'

We bleven een hele tijd zwijgend zitten. Ik zag in dat ik aan de ondoorgrondelijke hiërogliefen op de muur was gekomen. Paul Michel liet me niet verder toe in zijn geheime wereld.

Maar hij had iets ongemeen edelmoedigs. Ik realiseerde me dat hij niet in staat was zich gegriefd te voelen of wrok te koesteren. Telkens wanneer ik van mijn stuk was, of me verbaasde, of wanneer ik me door hem buitengesloten voelde, zocht hij onmiddellijk toenadering. Wanneer ik eromheen draaide was hij direct. Als ik een gedachte half uitsprak maakte hij mijn zin af. Ik was degene die teergevoelig was, prikkelbaar, lichtgeraakt. Hij wist van alles over mij, zelfs wanneer ik mij niet nader verklaard had. Hij gaf altijd antwoord op mijn echte vragen, wist met een griezelige intuïtie wat ik werkelijk wilde weten. Er school een ruimdenkendheid, een verdraagzaamheid achter zijn agressiviteit, die me volkomen ontwapende. Ik begon te begrijpen wat Jacques Martel gezegd had: dat er in de uithoeken van zijn waanzin een grandeur school, een eenvoud van geest die niet in staat was tot liegen, tot het koesteren van bekrompen haat of onbeduidende jaloezie. Hij deed in primaire emoties, essentiële zaken. Paul Michel leefde op het randje van zijn eigen geestelijke gezondheid, dag in dag uit. Dat was het wat hem zo griezelig maakte, en zo gevaarlijk. Hij zou altijd in staat zijn om mij te vermoorden. Of zichzelf.

Onze dagen in de tuin van de inrichting namen een sinistere schoonheid aan. We zaten in fel licht en groene schaduw en luisterden naar de fonteinen, voeten die in het zand schuifelden, en verder weg, het loeien van een sirene. De tijd werd onmetelijk – en verloor elke betekenis.

'Weet je, ik ben blij dat we altijd buiten zijn,' zei ik. 'Ik heb nog nooit een foto van jou gezien die binnen gemaakt was.'

Hij keek op naar de hoogte van de muren die ons omringden.

'Jij kunt heel scherpzinnig zijn, petit, zonder het te weten. Ik lijd verschrikkelijk aan claustrofobie. En het lijkt wel of ik mijn hele leven achter tralies en in bediendenkamertjes heb gesleten. Als ik droom is het van de oceanen, de woestijnen, eindeloze ruimtes. Alle nachtmerries van mijn boeken spelen zich af in omsloten ruimtes. Zelfs in *La Maison d'Eté*. De hele familie zit daarbinnen, met de luiken gesloten tegen de hitte, bereid elkaar de keel af te snijden.'

'Zouden we dan niet eens naar buiten kunnen? Voor een dag, bedoel ik. Zou je daar toestemming voor kunnen krijgen?'

'Waarom vraag je dat niet aan Pascale Vaury?' zei Paul Michel, zonder op te kijken.

Ik kon niet zeggen of hij de inrichting echt uit wilde of dat hij alleen maar mee zou gaan om mij een plezier te doen. Zijn toon wees op niets dan zorgvuldige onverschilligheid. Toen ik die avond uit het ziekenhuis vertrok maakte ik een afspraak met dokter Vaury.

Terug in haar koude steriele kamer met de zwarte bank die in de hoek op de loer lag voelde ik me opeens te jong, een amateur met te weinig verantwoordelijkheidsgevoel voor dit speciale spelletje. Haar sleutels vielen stil toen ze ging zitten. Zij was de meesteres van het labyrint en ik was de knecht van de Minotaurus.

'Je wilde mij spreken?' Ze verraadde niets.

'Ik vroeg me af – dat wil zeggen – ik bedoel gewoon dat Paul Michel me zoveel – nou ja, niet beter – dat zou ik niet weten – hij heeft op mij nooit een gestoorde indruk gemaakt – of tenminste niet echt. Ik vroeg me af hij voor een dag met mij mee naar buiten zou mogen. Ik zou hem natuurlijk weer terugbrengen.'

Pascale Vaury lachte hardop.

'Paul Michel laat je niet naar buiten,' zei ze met een glimlach naar mij. 'Hij gaat naar buiten.'

Ik keek beteuterd. Ik begreep het niet.

'Luister,' zei ze, 'hij heeft een ziekte die zich in de loop der tijd stabiliseert, tot bedaren komt. Maar er zijn gevaren aan verbonden, zelfs als hij redelijk genoeg overkomt. Jij hebt wonderen met hem verricht. Dat zal ik niet ontkennen. Ik was helemaal niet zo overtuigd toen je hier voor het eerst kwam. Ik had niet gedacht dat je het zou volhouden. En hij ook niet. Maar je hebt het volgehouden. Hij is aan je gehecht.'

Ze pakte haar pen weer op en op slag veranderde haar toon.

'Maar ik ben er helemaal niet van overtuigd dat wat jij doet uiteindelijk ook goed voor hem zal zijn. Als jij niet gevraagd had om mij te spreken had ik zelf wel op een onderhoud gestaan. Je bent hier al meer dan twee weken elke dag de hele dag. De meeste mensen zijn bang voor Paul Michel. Zelfs sommige broeders zijn op hun hoede wanneer ze met hem te maken hebben. Hij kan heel gevaarlijk zijn. Nu lijkt hij een ander mens. O zeker, de humor, de energie zijn er helemaal en worden steeds sterker. Maar zijn agressie lijkt te zijn weggesmolten. En dat is nou net wat ik sinister vind. Aan zijn medicijnen is niets veranderd. Jij bent hier gekomen, en hebt hem opgevrijd als een minnaar. Wat gaat er met hem gebeuren als jij vertrekt? Heb je daar weleens aan gedacht?'

Ik bloosde onbeheerst bij de implicaties van wat ze gezegd had. Ik zag dat mijn handen beefden. Maar ik hield voet bij stuk.

'Zou het beter zijn geweest als ik niet was gekomen? En hij hier gebleven was – gewelddadig, gefrustreerd, opgesloten? Is dat wat jullie voor hem willen?'

'De man is ziek. Hij is geen gevangene. Hij is een patiënt. En geef antwoord op mijn vraag. Heb je overwogen wat er gaat gebeuren als jij vertrekt? Hoe zijn leven zal zijn – na al die aandacht en toewijding? Jij gaat je leven vast niet in een chambre d'hôte in Clermont-Ferrand slijten.'

Alle vragen die ik nooit gesteld had rezen voor me op.

Maar ik dacht zelf inmiddels ook niet meer rationeel. Mijn leven werd al jaren beheerst door Paul Michel. Nu zette ik mijn betrokkenheid gewoon door tot het laatste station langs de lijn. Ik ging in de aanval.

'Het is niet uw bedoeling om uw patiënten voorgoed opgesloten te houden. Dat kan niet zo zijn. Als hij ziek is wilt u dat hij weer geneest. U hebt zelf gezegd dat hij door mij veranderd is. Zelfs ik kan zien dat hij veranderd is. Hoe kan hij hier uit als hij niemand heeft om hem te steunen? En nergens om heen te gaan? Laat mij hem een keer meenemen. Voor een dag. En dan een maand misschien? Op vakantie. Maakt niet uit waarheen. Wanneer heeft hij voor het laatst vakantie gehad? Dit is zijn kans. Ik ben zijn kans. Gaat u hem die kans weigeren?'

Ze gaapte me vertwijfeld aan.

'Ik zou een soort van garantie van jouw kant moeten hebben, dat besef je. Hij zou moeten worden geregistreerd bij de kliniek of het Hôpital de Jour op jullie plaats van bestemming. En bij de politie. Er komt een massa papierwerk bij kijken om hem hieruit te krijgen. Dat zou een hele tijd kunnen duren. Ik moet toestemming vragen van de Préfecture. Hij moet voor de medische adviescommissie verschijnen. En die moeten het er unaniem over eens zijn. Hij kan hier niet zomaar de deur uitlopen. Er zijn een heleboel dingen die gedaan moeten worden.'

'Doe ze dan.' Ik was bijna onbeschoft tegen haar. 'Doe het. Laat hem gaan.'

Ze stond op het punt iets te zeggen, maar slikte het nog net in. Ik buitte mijn onverwachte voordeel ten volle uit.

'En laat mij hem voor een dag mee naar buiten nemen. Morgen. We zullen Clermont-Ferrand niet verlaten. Alleen naar buiten voor een wandeling. En om wat te eten. Hebt u daar een brief van het ministerie voor nodig?'

Pascale Vaury stond op, zonder te glimlachen.

'Goed. Ga maar naar Paul Michel. Ik beloof niks, dus ga geen verwachtingen wekken. Ik zal zien wat ik kan doen.'

Ik bedankte haar met een ijskoude formaliteit en vluchtte weg door de lichtloze roomgele gangen, speurend naar de juiste deuren.

Toen ik die dag naar huis wilde gaan, ontdekte ik dat ze een briefje voor me had achtergelaten bij de administratie, dat me, met veel tegenzin, werd overhandigd door de draak. Het bevatte twee bondige regels, in het Engels op briefpapier van het ziekenhuis geschreven.

Het duurt 48 uur om toestemming te krijgen voor één dag. Je kunt Paul Michel zaterdag meenemen. Ik vertel het hem. Vaury.

Ik danste de rue St Jean-Baptiste Torrilhon af. Ik vierde mijn eerste echte overwinning.

Toen we samen door de deuren van de inrichting naar buiten traden, ongelovig nagestaard door de vrouwen, haalde ik diep, diep adem, alsof ik degene was die opgesloten had gezeten. Paul Michel stak gewoon de straat over en draaide zich om, peinzend, om naar de graffiti te kijken die hij op de muur had aangebracht; de schrijver die een eerste ruwe versie in ogenschouw neemt.

'Hmmm,' zei hij, 'niemand heeft geprobeerd het weg te halen. Het is wel een beetje onevenwichtig ten opzichte van de deur. Maar ik stond ook op twee stoelen en het was midden in de nacht.'

'Wanneer ben je voor het laatst buiten geweest?' vroeg ik.

'Een jaar geleden. Toen ik uit Parijs hierheen kwam. Ik heb die graffiti in maart aangebracht.'

'Waarom heb je toen niet geprobeerd te ontsnappen?'

Hij keek me geamuseerd aan. En zei niets.

'Kom, petit.' Hij nam me bij een arm en we liepen samen weg. 'Laten we gaan.'

Paul Michel keek naar de stedelijke wereld waar hij zo lang van uitgesloten was geweest met een afstandelijkheid die zelfs geen nieuwsgierigheid meer inhield. Het was de blik van een ongeïnteresseerde waarnemer, de onverschilligheid van een man die niet langer aan de speeltafel zat, die niet meer inzette, die niet meer opging in het spel. Hij stond te roken op de hoek van de straat en te kijken naar jongemannen alsof het wilde dieren waren, gevangen achter een glazen wand. Ik was teleurgesteld, geïrriteerd zelfs door zijn houding. Hij was dankbaar noch blij dat hij zijn gevangenis had verlaten en nu vrij rondliep. Wat ik bereikt had was van geen belang. De muren zaten binnen in hem. We dronken een glas bier in een café. Hij praatte niet tegen me. Gekwetst besloot ik een gebaar te maken om mijn onafhankelijkheid te onderstrepen. Ik ging naar buiten, kocht *The Guardian* en probeerde een tijdje te achterhalen wat er speelde in de wereld van Engeland. Hij stond aan de flipperkast. En daar ging hij totaal in op. De flitsende lichtjes, elektrische stuitergeluiden en tollende kwikzilveren balletjes leken hem te hypnotiseren tot een absolute concentratie. Toen ik applaus hoorde, keek ik op van het buitenlandse nieuws. Een groepje jongens had zich om hem heen verzameld. Zijn totale score was zo hoog dat hij de jackpot had gehaald. Een vloed munten van twee en vijf franc kletterde als een waterval tegen zijn benen. Hij lachte en liep terug naar de bar.

'Tu vois, petit. Je suis quand même gagneur. Ik win nog steeds. Waar heb je zin in?'

Ik ontdooide een beetje en dronk nog wat bier. Het viel me op dat hij nauwelijks dronk. Na een poosje zei ik: 'Jij wint. Maar het kan je geen donder schelen of je wint of verliest. Is er nog iets wat je wel kan schelen?'

Het kwam er scherper uit dan ik bedoeld had. Ik kon niet meer tegen zijn volslagen onverschilligheid jegens de wereld en al wat daarin is. En hoewel ik mijn eigen motieven toen niet begreep, vreesde ik dat zijn onverschilligheid onbewust ook mij gold. Het had willekeurig wie kunnen zijn die hem was komen opzoeken. Ik was gewoon een pion in een of ander groter spel. Ik was niet uitverkozen.

Hij reageerde enige tijd niet. Hij keek gewoon naar buiten, naar de massa mensen die zich in de zomerzon een weg baande door het verkeer en over de trottoirs. Toen zei hij: 'Kom. Ik wil iets voor je kopen.'

We sloegen een winkelpromenade in waar hij bleef staan voor een boetiek die onder meer absurd dure, handgemaakte leren jacks verkocht.

'O nee,' wierp ik meteen tegen, 'dat kan ik niet toestaan.'

'Wat zijn jullie Engelsen toch altijd lomp,' zei Paul Michel glimlachend, en hij duwde me naar binnen.

Ik had tot dusver voor alles betaald en was ervan uitgegaan dat hij geen geld had, afgezien van de munten die hij aan de flipperkast had weten te ontlokken. Een uur lang waren we bezig onszelf te bekijken in reusachtige spiegels, gekleed in steeds duurdere creaties.

'We moeten allebei naar de kapper,' vond hij. 'Dat gaan we hierna doen.'

Ik had nog nooit van mijn leven ook maar de geringste aandacht besteed aan wat ik droeg. Mijn moeder kocht altijd al mijn kleren. Toen ik uit huis ging en mijn eigen studietoelage had, kocht ik wat neutraal was en paste. De germaniste droeg altijd een spijkerbroek en zware zwarte Doc Martens met de veters drie keer rond de enkels geknoopt. 's Zomers droeg ze wijde witte overhemden. Ik had haar nog nooit in een rok gezien en ik denk niet dat ze er één had. Paul Michel daarentegen vond dat elk detail in de presentatie van cruciaal belang was. Hij merkte aspecten op aan de jacks, overhemden en broeken die om ons heen lagen uitgestald die een even hoge standaard suggereerden als die Yves St-Laurent hanteerde bij de inspectie van zijn zomercollectie.

'Heb je je aan mijn kleren gestoord?' vroeg ik quasi-zielig bij de gedachte aan mijn transformatie van kikker tot prins.

'Nee,' zei hij. 'Ik heb er de tweede keer dat ik je zag wel

iets van gezegd, maar om je de waarheid te vertellen is het me verder niet meer opgevallen. Maar aangezien je met mij uitgaat wil ik dat je schittert. Oké?'

De winkelbediende was eerder gecharmeerd dan vertwijfeld door de eisen en commentaren van Paul Michel. De klap op de vuurpijl kwam toen hij een chequeboekje en zijn carte d'identité te voorschijn haalde en een cheque uitschreef voor meer dan 4000 franc. Ik was sprakeloos. Ik verkeerde in de veronderstelling dat hij geen geld bezat, dat hij juridisch gesproken niet eens bestond, en dat hij zeker niet in het bezit was van geldige papieren en een chequeboekje.

'Ik wist niet dat jij geld had,' zei ik uiteindelijk.

'Ik ben tamelijk rijk,' zei hij met een ironische glimlach. 'Heb jij me niet voorgehouden dat ik een dichtgetimmerde tekst was, petit? Er zijn geen winkels in de service fermé. Ik betaal mijn eigen levensonderhoud in het Sainte-Marie, weet je. Ik ben de staat niet tot last.'

We stonden weer op straat met een paar plastic tassen waar we onze oude kleren in hadden gepropt. Paul Michel lachte smakelijk om mij.

'Tjonge, petit. En je hebt mij met al die liefde en aandacht overstelpt zonder aan een beloning te denken? Ze kunnen niet zeggen dat je het op mijn geld hebt voorzien.'

Hij pakte de plastic tas uit mijn willoze hand en wierp hem met zijn eigen tas in een grote groene afvalbak. Het deksel klapte weer dicht.

'En nu gaan we naar de kapper, drinken een aperitiefje in het café tegenover de kathedraal en laten ons lekker bekijken. Daarna gaan we naar de crêperie.'

Ik vertrouwde de rest van de dag aan hem toe.

Quinze Treize was een oud bouwwerk in de buurt van de kathedraal. Er was een grote restaurantruimte met overal aangrenzende kamertjes. Het was er donker en heet. Alle deuren en glas-in-lood raampjes stonden open op twee terrasjes onder een plompe toren waarin zich een trap wentelde. De ingang was bijna onzichtbaar, onder een lage overwelving en achter twee enorme, met nagels beslagen deuren. Het was halfacht maar de zaal zat al bijna vol. In het keldergewelf waren nog een bar en een piano. We hoorden een zangeres warmdraaien. Ik keek langs de trap omhoog en hoorde gelach van boven. Paul Michel babbelde met de man achter de bar alsof ze oude vrienden waren en we werden onmiddellijk meegevoerd naar een voortreffelijke tafel in een erker. De kelner haalde het kaartje waar 'Réservé' op stond weg.

'Ken jij hem?' vroeg ik, onder de indruk.

'Nee,' glimlachte Paul Michel.

'Maar deze tafel was gereserveerd. Had je van tevoren gebeld?'

'Nee.' Hij fonkelde even. 'Maar ik zei dat we van de Mairie waren en dat ik een van de assistent-secretarissen van de burgemeester was, en dat de burgemeester zelf zich later bij ons zou voegen. Daarom hebben we ook een tafel voor drie.'

Ik staarde hem aan.

'Wat? Heb je hem dat allemaal verteld?'

'Mais bien sûr. Als hij erachter komt dat we zijn ontsnapt uit het Sainte-Marie is het verhaal perfect te verklaren. Als ik gek ben zal ik waarschijnlijk inderdaad wel denken dat ik voor een belangrijk iemand werk.'

'Jij bent ook onmogelijk, hè.' Ik verstopte mijn gezicht in de kaart. Ik wilde niet dat hij me zag lachen.

Ik was verrukt door de wijze waarop hij over ons samen had gesproken als ontsnapte gevangenen. Hij dronk bij het eten één glas wijn, en begon toen te vertellen. Hij praatte alsof we oude vrienden waren; hij vertelde me verhalen over zijn jeugd. Hij stond stil bij wat krankzinnigheid allemaal inhield. En ik luisterde geboeid. Dit is alles wat ik me kan herinneren.

'Zelfs in Toulouse voelde het quartier dorps aan. Er was een kleine gemeenschap van Spanjaarden, een nog kleinere groep Arabieren. Er wonen er nu natuurlijk meer.

Dit was in de jaren vijftig. Tijdens de oorlog in Algerije. Een van hen, een oude opa die altijd frisse witte gewaden droeg, zat op een bankje voor zijn huis. Hij zong de Koran, en dat deed hij prachtig, een stroom dichterlijke lofzangen welde uit hem op, elke dag weer. En de kinderen verzamelden zich rond hem om te luisteren. Tot het zes uur sloeg. Dan verlegde hij zijn hele woordenstroom, dan veranderde hij op slag en oreerde over niets anders meer dan seks en neuken; één stortvloed van obsceniteiten. De kinderen werden altijd snel uiteen gedreven wanneer zijn kleindochter om zeven uur thuiskwam en hem naar binnen haalde. Maar dan hadden we een vol uur gehad van verkeerd uitgesproken Franse smeerpijperij die ons helemaal in vervoering bracht. Ze sluiten hun gekken niet op. Ze geven ze verse witte gewaden en zetten ze voor de deur om te profeteren...

En in ons dorp in Gaillac had je een man met hele lange nagels die rondhing tussen de boulangerie en de bar, en tien francs vroeg aan iedereen die langskwam, en dreigde je gezicht van je kop te krabben als je hem zijn geld niet gaf.

We zitten niet allemaal opgesloten, weet je...

Ik was enig kind. Ik dwaalde bij zonsondergang altijd door de wijngaarden boven ons huis. Ik praatte altijd met de vogelverschrikkers die omhangen waren met sjaals, en broeken aanhadden met volgepropte pijpen en van die platte petten op hadden. Mijn grootvader zag me een keer om een vogelverschrikker heen dansen en het ding aansporen mee te doen. Hij schreeuwde dat als ik mij dingen inbeeldde, ik net zo zou eindigen als mijn grootmoeder, die al vroeg haar verstand was verloren. Die bromde en prevelde aan een stuk door. Maar ik lijk helemaal niet op haar. Ik lijk op hem...

Alle schrijvers zijn, in zekere zin, gek. Niet les grands fous, zoals Rimbaud, maar gek, ja, gek. Omdat wij niet in de stabiliteit van de werkelijkheid geloven. Wij weten dat de werkelijkheid in stukken kan breken, als een glasplaat of de voorruit van een auto. Maar wij weten ook dat de werkelijkheid kan worden bedacht, herschikt, geconstrueerd, gereconstrueerd. Schrijven is, op zich, een daad van geweld tegen de werkelijkheid. Denk je niet, petit? We schrijven, laten het staan, en glippen ongezien weg...

Weet je wat ze met mij in het gekkenhuis proberen te doen, petit? Ze proberen me verantwoordelijk te maken voor mijn eigen gekte. En dat is heel serieus. Wat een beschuldiging...

Een van mijn hallucinaties is dat ik de laatste mens ben en dat zich voor mij niets bevindt dan een woestijn waar iedereen vermoedelijk dood is...

Ik vertel verhalen. Wij verzinnen allemaal verhalen. Ik vertel jou verhalen om je aan het lachen te maken. Ik vind het heerlijk om jou te zien lachen. Ik zal nooit ontsnappen uit die gevangenis van eindeloze verhalen...

Wil je misschien een crêpe sucré, met Grand Marnier en slagroom? Kom op, ik daag je uit er een te nemen...

Heb je gelezen wat Foucault over Bedlam heeft geschreven? Krankzinnigheid is theater, spektakel. We kennen in het Frans heel weinig woorden om aan te geven wat we bedoelen met krankzinnigheid. Jullie, de Engelsen, jullie hebben een melkwegstelsel aan woorden voor de zinnelozen: gek, dwaas, simpel, idioot, dol, in de war, manisch, absurd, gestoord. Het is belangrijk al die betekenissen zorgvuldig te bestuderen. Neem nou jou, petit, alleen een gek komt helemaal naar Clermont om iemand te zoeken die al bijna tien jaar opgesloten zit, met zo weinig hoop hem ooit te vinden. En zonder te weten wie hij aantreft.'

Hij hield me nauwlettend in de gaten.

'Krankzinnigheid en hartstocht zijn altijd uitwisselbaar geweest. In de hele westerse literaire traditie. Krankzinnigheid is een verdichting van het bestaan. Krankzinnigheid is een manier om moeilijke vragen te stellen. Wat bedoelde hij, de machteloze dwingeland? O Fool, I shall go mad.

Misschien is krankzinnigheid het surplus van het mogelijke, petit. En heeft schrijven alles te maken met het reduceren van het mogelijke tot één idee, één boek, één zin, één woord. Krankzinnigheid is een vorm van zelfexpressie. Het is het tegenovergestelde van creativiteit. Als je gek bent kun je niets maken dat los van jou gezien kan worden. En toch, kijk naar Rimbaud – en jullie prachtige Christopher Smart. Maar koester geen romantische ideeën over wat het betekent om krankzinnig te zijn. Mijn taal was mijn bescherming, mijn garantie tegen krankzinnigheid, en toen er niemand meer was om te luisteren gaf met mijn lezer ook mijn taal de geest.'

Ik kon geen weerstand bieden aan het moment. Ik riskeerde het.

'Mag ik je naar Foucault vragen?'

Zijn reactie kwam snel als een kogel, vol heftigheid en woede.

'Nee.'

Ik kon mijn fout niet herroepen. Ik zocht naar woorden, prevelde verontschuldigingen. Zijn hele voorkomen was veranderd; zijn gezicht barstte van pijn en vlamde toen op met een wrede, ongemene razernij. Hij ging staan.

'Je stelt me teleur, petit. Ik begon net te denken dat je misschien toch niet zo onnozel was.'

Wat daarna gebeurde ging zo snel dat ik niet precies zag wat er gebeurde. Een man dook op achter Paul Michel toen die opstond en gaf hem een duwtje. De man maakte een opmerking. Ik verstond het niet maar het was smerig, suggestief, insinuerend, onmiskenbaar agressief. De man knikte naar mij, en wat hij bedoelde was, zelfs zonder woorden, zonneklaar.

Paul Michel sloeg opeens op hem in, één keer in zijn maag en één keer in zijn gezicht. De man vloog achterover op de tafel achter ons. Vrouwen sprongen op, grepen hun handtasjes en zetten het op een gillen. De hele ruimte daverde en alles was al in rep en roer toen iemand Paul Michel bij de kraag van zijn overhemd greep. Ik wierp me op de man die hem te pakken had en tuimelde tussen de potten met rode geraniums die naast elkaar in de vensterbank stonden. Twee tolden er op een tafel op het terras en braken in stukken op een paar borden. Vochtige aarde en wortels bedolven het kostelijke eten. Inmiddels was de man die het incident begonnen was overeind gekomen. Het maakte hem weinig uit wie hij aanviel, zolang hij zijn gram maar haalde. Hij kwam op mij af. Ik dook buiten zijn bereik. Paul Michel sloeg met een fles zijn hoofd kapot. Alle gebroken, lege aardewerken borden zaten onder het bloed. Het leek wel of iedereen gilde.

En net zo plotseling als het begonnen was, was het allemaal voorbij. Een man met enorme blote armen en een schort voor, die kennelijk was opgestegen uit de dampende diepten van de keuken, sleurde Paul Michel en zijn agressor mee de gang op. Ik griste onze jacks van de stoelen en haastte me achter hem aan. Verrassend genoeg stond niemand op een verklaring. Het management wilde ons allemaal zo snel mogelijk de deur uit hebben. Een wauwelende vrouw duwde tegen me aan. Ik begreep geen woord van wat ze zei. Iemand schoof haar weg richting toiletten. Overal om ons heen gingen het geroezemoes van de zaterdagavond en de dreunende muziek door, alsof er niets gebeurd was. Ik hoorde Paul Michel met groot aplomb verkondigen: 'Ik zal, uiteraard, verslag uitbrengen aan de burgemeester zelf...'

En de baas van Quinze Treize putte zich uit in verontschuldigingen. Ik wankelde achter de onbuigzame, statige rug van Paul Michel aan, die al onder de overwelving door de straat op schreed.

'Heb je betaald, petit?' vroeg hij, terwijl hij zijn arm om me heen sloeg.

'Nee.'

'Mooi. Ik ook niet. Je bent niet gewond?'

'Nee. Ik dacht het niet.'

Hij klopte me af en trok mijn kleren recht. Er zat aarde van de bloempotten op mijn nieuwe witte shirt.

'Dat gaat er wel uit. Vannacht even weken. Kom. Laten we naar een bar gaan.'

We liepen snel weg, heuvelafwaarts door de straten en de vallende duisternis. Hij had nog steeds zijn arm om me heen.

'Luister,' zei ik, 'het spijt me...'

'Sjjjj...' Hij legde zijn hand op mijn mond en draaide me naar zich toe. We keken elkaar één verschrikkelijke seconde lang aan. Toen zei hij: 'Ik zou jou nooit slaan.'

Hij trok mijn gezicht naar zich toe en kuste me stevig op de mond, midden op straat, de mensen negerend die langs ons heen liepen. Met grote passen liepen we verder naar het Place de la Victoire. Paul Michel was volslagen kalm. Ik beefde van angst.

Drie dagen later zaten we buiten in de tuin te roken, naast elkaar zoals gewoonlijk. Ik zat te lezen en Paul Michel lag op zijn rug, uitgestrekt op een lange stenen bank, opkijkend naar de schuivende flarden licht en schaduw in de lindebomen, zijn ogen half gesloten. Geen van ons hoorde Pascale Vaury aankomen. Ze moet enige tijd naar ons hebben staan kijken. Ik had geen idee wat er komen ging, maar ik denk dat hij dat wel had.

Paul Michel was zo volslagen anders dan iedereen, man of vrouw, die ik ooit gekend had. Hij had geen specifieke aanspraken op mij gemaakt, en toch claimde hij alles wat ik had; al mijn tijd, energie, inspanning, concentratie. Want er had zich tussen ons een belangrijke verandering voorgedaan sinds het rampzalige etentje in Quinze Treize. Het machtsevenwicht was verschoven. Ik was niet langer de man aan het roer en waar het heen ging was ten zeerste de vraag.

'Ik heb nieuws voor jullie,' zei Pascale Vaury, haar gezicht uitdrukkingsloos. Ik schrok een beetje toen ik haar stem hoorde en keek op. Paul Michel reageerde noch verroerde zich. Hij bleef naar de bladeren turen. Ze richtte zich tot zijn uitgestrekte onverschilligheid.

'Ik heb een tijdelijke ontslagaanvraag voor je ingediend bij de Préfecture. Ik moet erbij zeggen dat er wel enige druk op me is uitgeoefend. Je zaakwaarnemer heeft me met telefoontjes bestookt. Gezien zijn prestige in de medische wereld had ik weinig keus. Ik heb mijn twijfel uitgesproken. Niettemin is de aanvraag ingewilligd, op voorwaarde dat er een positief advies komt van de medische adviescommissie. Je wordt morgen voor de commissie verwacht. Als alles goed gaat kun je zaterdag, of maandag op zijn laatst, vertrekken. Ik neem aan dat je het deze keer inderdaad wilt.'

Ze zweeg en keek streng naar Paul Michel. Hij ging zitten.

'Ik zal erover nadenken,' zei hij droog.

'Doe dat,' zei ze, 'en als je wilt gaan, gedraag je voor de commissie dan beter dan de laatste keer.'

Ik was een en al opwinding en onrust, terneergeslagen door het gebrek aan enthousiasme van Paul Michel. Pascale Vaury ging verder. 'Ik heb melding gemaakt van je succesvolle excursie afgelopen zaterdag.' Ik hield mijn adem in. 'Dat zou in je voordeel moeten werken.'

De vechtpartij in Quinze Treize was niet uitgelekt. Het enige raadsel dat restte, zoals Paul Michel me opgewekt had uitgelegd, was een brief waar niemand om gevraagd had, met verontschuldigingen van het management van Quinze Treize aan de burgemeester van Clermont-Ferrand. Een journalist maakte er tegen het eind van de week in de plaatselijke krant nog een grapje over.

Paul Michel stond op, rekte zich uit en gaapte recht in haar gezicht.

'En waar wilde je voorstellen dat ik heenging, dokter Vaury?'

Ze glimlachte ironisch.

'Waar je maar heen wilt binnen de landsgrenzen. Je mag niet naar het buitenland. Maar je moet voor zaterdag beslissen zodat we je kunnen laten registreren bij de politie en de plaatselijke kliniek – en we je papieren kunnen faxen.'

'Goed, zoals ik zei – ik zal erover nadenken.' Paul

Michel ging weer liggen, arrogant en eenzelvig. Vaury kon gaan. Plotseling leunde ze over hem heen en aaide hem, met de tederheid van een moeder, over zijn wang.

'Ecoute-moi. Sois sage,' zei ze, draaide zich om en marcheerde weg. Ik staarde haar na. Paul Michel lag naar de bomen te kijken en lachte zacht. Ik realiseerde me, voor het eerst, dat al zijn botheid in haar gezicht een vorm van toneel was. Er was tussen hen een absoluut vertrouwen en een absolute saamhorigheid. De inrichting was zijn thuis. Dit waren de enige mensen die hij vertrouwde, de enige mensen van wie hij hield. Ik had niets te zeggen.

Maar het was net of Paul Michel zich bewust was van wat zich in mijn hoofd afspeelde. Hij wist dat ik jaloers was, onthutst, onzeker. Hij rolde zich op een elleboog en keek me aan.

'Het is beter om niet al te enthousiast over te komen, petit. Daarom deed ik dat ook niet. Maar ik wil wel weg. En met jou.'

Met één woord van hem sloeg mijn allesoverheersende teleurstelling om in allesoverheersende vreugde. Ik schaamde me om zo afhankelijk van iemand anders te zijn.

'Wat heb je de laatste keer bij de medische adviescommissie uitgespookt?' vroeg ik argwanend.

'Ik vroeg ze ten dans, beledigde ze toen ze niet wilden en heb toen op eigen houtje gedanst.'

'O, in godsnaam. Ze sluiten je nog voorgoed op.'

'Yep,' zuchtte hij, 'ik had zin om te dansen, en dat was wat zij vonden dat ze moesten doen.'

Hij stak twee sigaretten op, gaf mij er een en zei toen: 'Ik had echt nergens om heen te gaan, petit.'

Ik besefte meteen wat voor verschrikkelijks hij gezegd had.

'Maar je vader leeft nog...'

'Die heeft Alzheimer.'

'Heb je helemaal geen familie?'

'En die zouden zich willen bekommeren om een homo-

seksuele romancier die zijn beroep eraan heeft gegeven?'
Het dédain in zijn stem was voelbaar.

Ik haalde diep adem.

'Je hebt mij.'

'Weet ik.'

Er viel een stilte.

'Kun je rijden, petit?' vroeg hij nonchalant. De stilte
was weer verdreven.

'Ja.'

'Heb je verstand van auto's?'

'Niet veel. Een beetje.'

'Oké. Ik geef je een cheque van twintigduizend franc.
Koop daar een kleine auto voor die het doet. Dat stel waar
je woont zal je wel helpen. Ik pleeg een paar telefoontjes
en vertel je waar je heen moet. Jij zult de registratie bij de
Préfecture en de verzekering zelf moeten regelen. Ga naar
Mutuelle. Die zijn het goedkoopst. Ik zal Vaury vragen je
mijn carte d'identité mee te geven om alle papieren te tekenen. Je kunt het hele zootje onder mijn naam registreren maar zet je eigen naam op de verzekering. Ik mag niet
rijden. Vergeet alleen niet ze je huisadres in Clermont te
geven. Zeg dat je er al een jaar woont. En noem het Sainte-Marie niet. Je hebt wel een rijbewijs en een paspoort
nodig. Die heb je? Mooi. Je moet de auto contant betalen.
Ik geef je een paar blanco cheques mee voor de rest. Neem
een deux-chevaux of een Renault 4 als je er een kunt vinden. Zeg het als je meer geld nodig hebt. Ik maak een lijst
van dingen die je moet aanschaffen.'

De expeditie begon te klinken als een militaire cam-
pagne. Mijn enige twijfel was de medische adviescommissie. Het was me opeens duidelijk dat ook hij zich zorgen
maakte.

'Stel dat we dat allemaal doen en ze jou vervolgens niet
laten gaan?' vroeg ik.

'Het stelt niks voor. Drie artsen komen naar je kijken.
En Vaury is er ook bij. Zij moet er vrij zeker van zijn dat
ze het klaar kan spelen.'

133

'Doe dan in elk geval wat ze zegt en gedraag je. Je hebt zoveel jaar doorgebracht met doen of je gek was...'

'En echt gek zijn,' interrumpeerde Paul Michel bars.

'Nou, doe dan nu alsof je normaal bent.'

'Hoe doe je dat, jongen? Wat is normaal gedrag? Vertel jij me dat eens.'

'Zeg niets.'

'Maar ik heb een jaar lang niets gezegd. Niets. Totale stilte. Ze sloten me op.'

'Een jaar? O God, dat is krankzinnig.'

Hij grijnsde als een boosaardige nar.

'Aan wiens kant sta jij?'

Ik pakte hem bij zijn schouders en schudde hem door elkaar.

'Jouw kant, klootzak. Jouw kant.'

Ik glimlachte hulpeloos. Hij was bezorgd en bang dat het niet zou lukken.

'Luister. Geef gewoon rustig antwoord op hun vragen. Ze willen je eruit laten. Ik heb met dokter Vaury gesproken. Je bent niet seropositief...'

'Verbijsterend gehoeg.'

'...en je bent lang, heel lang niet gewelddadig geweest.'

'Afgelopen zaterdag niet meegerekend.'

'Je werd geprovoceerd. Ik ook. Luister. Je gebruikt geen medicijnen die je niet kunt slikken. Je kunt goed met mij overweg. We kunnen minstens een maand krijgen. Misschien meer. Misschien twee maanden. Daarna zal ik je wel terug moeten brengen voor observatie of controle of zoiets. Maar als je daar doorheen komt, laten ze je vast weer gaan.'

'Blijf jij bij me als ik voor de commissie moet verschijnen?' vroeg hij met een strak gezicht. Mijn hart kromp ineen van medelijden.

'Dat kan niet. Je weet dat dat niet kan. Dat laten ze nooit toe. Je zult het alleen moeten doen. Wees voorzichtig. Neem de tijd.'

We staarden elkaar aan.

'In godsnaam, Paul Michel. Daag ze niet uit. Doe dat niet, niet, niet.'

Hij lachte. En toen voelde ik dat ik de muren had geslecht en naast zuster Maria-Margaretha en Pascale Vaury stond. Onze saamhorigheid was nu compleet.

En als dit een opera was zou ik nu de introductie voor het laatste bedrijf spelen. Ik heb in de zomers die volgden zo vaak die zomer, dat jaar, voor mijn geestesoog afgedraaid dat het meer dan een herinnering is geworden. Het is een keerpunt, een waarschuwing. Wat ik mij herinner is een spookstadje, nog altijd vol hitte en kleur, en de dominerende stem van Paul Michel. Er wordt mij vaak gevraagd of ik hem wil omschrijven. Dan zeg ik dat hij echt zo beestachtig mooi was als de oude foto's suggereren. Hij was meestal griezelig stil. Dan zat hij te roken, verstrakt in één houding. Mensen merkten hem op omdat hij er al uitzag als een foto of een schilderij. Hij had donkergrijze ogen, verbijsterend passieloos, koud. En hij staarde altijd naar de wereld als een buitenaards wezen op expeditie. De wereld was er om geobserveerd, begrepen en vervolgens geanalyseerd te worden. Hij verzamelde gegevens. Hij speelde niet mee, hij stond buiten het spel. Wat ik me herinner, nog intenser, was zijn stem, en zijn bijzondere, schallende lach. De meeste foto's tonen een man zonder glimlach. Het is waar, zo was hij; wispelturig, indrukwekkend, de koning in een zelfgekozen ballingschap. Maar we werden vrienden. En hij praatte altijd met me; vaak zaten we dan zij aan zij, in de auto, in een bar, in een park, op de muur boven het strand. Altijd zij aan zij. Zodat ik me vooral bewust was van zijn handen, zijn profiel. Maar ik zal het timbre van zijn stem en hoe hij tegen mij praatte nooit vergeten.

Ik zal nooit precies weten wat er bij die medische adviescommissie gebeurd is. Het enige wat ik weet is dat hij na afloop ruzie had met Pascale Vaury en dat ze zelfs haar stem verhief op de gang. Maar ze hadden besloten hem te laten gaan. We kregen twee maanden respijt, van 9 augustus tot 4 oktober, de week waarin mijn semester in Cambridge weer ging beginnen. Ik bracht twee dagen door in garages, banken en verzekeringskantoren. Monsieur en madame Louet hielpen met de papieren. Ik mocht ook hun telefoon gebruiken. En ze kenden iemand die weer iemand kende die een beslist goede auto voor me zou regelen, een koopje. Ze maakten zich zorgen over de reis. Ik vertrok zonder precies te weten waarheen, en met Paul Michel. Madame Louet was ervan overtuigd dat hij onterecht zat opgesloten, domweg omdat hij charmant tegen haar was aan de telefoon. Ze begon in een van zijn boeken, werd gegrepen vanaf de allereerste bladzij, en had het twee dagen later uit, gechoqueerd en onder de indruk. In hun verbeelding werd ik een held uit een ridderverhaal. Maar het kostte ze grote moeite om Paul Michel in de rol van belaagde maagd te zien. Hoewel madame Louet hardop zei wat ik altijd al gedacht had, dat als hij ook maar enigszins leek op de figuur op het stofomslag, hij meer dan knap was, hij was een spetter.

Ik had de germaniste voor het laatst geschreven vanuit Parijs. Zij had briefjes van één kantje teruggestuurd waarin ze me op de hoogte hield van de voortgang van haar onderzoek. Toen gebeurde er iets vreemds. Ze belde me op bij de Louets thuis. Ze belde vanuit een telefooncel dus ik heb haar nooit gevraagd hoe ze aan het nummer was gekomen. We schreeuwden naar elkaar over een enorme kloof. En ik betrapte mezelf erop dat ik leugens vertelde.

'Alles is goed hier. Ja... Ik heb hem ontmoet. Hij is verbazingwekkend. We hebben ongelooflijke gesprekken...'

Maar ze stelde geen vragen. Ze was door haar muntjes van 50 p heen en het laatste wat ik hoorde was dit.

'Onthou dit. Ik sta achter je. Pas goed op. Vergeet niet waarvoor je daar bent. Vergeet...'

Elektronisch gezoem kapte haar stem af. Ik stond beloften te schreeuwen in het niets.

Ik had niet meer naar huis geschreven. Ik had ze mijn adres in Clermont-Ferrand ook niet gestuurd. De brieven die mijn ouders naar Parijs stuurden moeten zijn teruggekomen. Op de laatste dag stuurde ik ze een ansicht, met de simpele mededeling dat ik op reis ging met een vriend en dat ik ze zou bellen als we besloten ergens langere tijd te blijven. Voor een raadsel gezet door haar griezelige telefoontje, kocht ik ook een ansichtkaart om naar de germaniste te sturen. Ik plakte er een postzegel op. Ik schreef er het adres aan Maid's Causeway op. Maar vervolgens wist ik niet wat ik verder zeggen moest. Dus liet ik hem in een van mijn boeken zitten, onverzonden, ongeschreven.

Om tien uur die maandagochtend stond ik voor het ziekenhuis op hem te wachten. Hij kwam op tijd naar buiten, levendig en luidruchtig.

'Nou,' wilde hij weten, 'waar gaan we heen?'

'Met vakantie. Wat dacht je anders, idioot? Het is augustus. Trouwens, ik dacht dat je tegen dokter Vaury moest zeggen waar we heen gingen. Ik heb het aan jou overgelaten.'

Hij liet een enorme schreeuw horen.

'Naar het zuiden. Naar het zuiden. Laten we naar de Midi gaan. Welke auto is van ons?'

Hij wierp zich op de lelijke eend en begon het dak op te rollen met de rapheid van een deskundige terwijl ik zijn tassen naast de mijne in de kofferbak stouwde. Ik bekeek hem nauwlettend. Hij was gladgeschoren, licht verbrand. Hij was aangekomen. Hij was als een man die uit het graf was ontkomen.

DE MIDI

WE REDEN NAAR HET ZUIDEN IN EEN HITTEGOLF. IK had verscheidene kaarten gekocht, maar die hadden we niet nodig. Paul Michel zei gewoon hoe ik moest rijden. We reden naar de A1 door de bergengtes van de Ardèche. Er was veel vakantieverkeer en ik had nooit eerder rechts gereden. Dus daalden we af door de groene bergen, langs pijnboombossen die glinsterden van de hitte, langs ruwe witte rotsen, aardverschuivingen, parkeerhavens met uitpuilende afvalbakken, rivieren gereduceerd tot stroompjes, met in ons kielzog een dolgedraaide staart van gevaarlijke chauffeurs die niets liever wilden dan de deux-chevaux en zijn trillende beginneling in het ravijn duwen. Het kon Paul Michel geen donder schelen. Hij klom op zijn stoel en ging in het open dak staan schelden. Hij draaide popmuziek op zijn gettoblaster. Hij smeet zelfs een colablikje naar een gefrustreerde Mercedes.

Maar toen zei hij: 'Ga zo af en toe maar op een parkeerhaven staan om ze erlangs te laten, petit. Anders krijgen we allemaal een hartkwaal.'

We reden langs Aubenas en doken vanuit de bergen het Rhônedal in. In Montélimar legden we even aan om wat te drinken. Mijn T-shirt was kletsnat van het zweet van hitte en angst.

'Doe uit,' zei Paul Michel. Ik aarzelde. We stonden op een druk plein vol cafeetjes. Het was bijna zevenendertig graden in de schaduw. 'Kom op. Niet zo verlegen.'

Ik trok gegeneerd mijn T-shirt uit. Hij taxeerde mij en waste mijn doorweekte witte shirt in de fontein.

'Als ik zo charmant was als jij, petit,' zei hij innemend, 'zou ik geen shirts dragen. Sterker nog, ik geloof niet eens dat ik de moeite zou nemen ze te kopen.'

Ik zat, doornat, en veel koeler, espresso te drinken en te

roken onder een plataan. Paul Michel was ontspannen, op zijn gemak. Het was duidelijk dat hij van reizen hield. Op dat moment realiseerde ik me dat hij zich van elke haven had afgesneden. Hij had geen huis, geen flat, geen kamer. Er was geen lege ruimte met al zijn bezittingen die achter hem ineenkrompen, ergens in de grote stad. Hij had geen adressen. Hij leefde in de tegenwoordige tijd. Ik begon me af te vragen of hij het liever zo wilde. Het grootste deel van de middag lagen we te doezelen in beschaduwd gras. Toen het zes uur was geweest reden we verder naar het zuiden, steeds naar het zuiden. Het autootje was een symfonie van gerammel.

'Blijf op de snelweg, we rijden vannacht door. Dan is er minder verkeer,' zei Paul Michel, 'en het is koeler.'

Hij had me nog steeds niet verteld waar we heen gingen.

We stopten op een grote parkeerplaats ten zuiden van Salon-de-Provence, waar hij even wilde bellen. Ik keek naar de eerste nummers die hij draaide: 93.91... hij belde naar Nice.

'Alain? Oui, c'est moi... Oui, comme tu dis... Evadé encore une fois... Non, j'ai la permission... suis pas si fou que ça... Ecoute, j'arrive avec mon petit gars... t'as une chambre? D'accord... On verra... Vers minuit? Ou plus tard... ça te dérange pas? ... Bien, je t'embrasse très fort... ciao.'

'Dus,' zei ik, toen hij de deur van het glazen inferno open duwde, 'we gaan naar Nice.'

'Ongeveer vijfentwintig kilometer ervandaan, mijn kleine detective.' Hij omhelsde me. 'Kom, laten we gaan douchen.'

'Douchen?'

De wegen waren zo heet en zo vol dat er al mensen in hun auto waren overleden. Op alle grote parkeerplaatsen waren buitendouches; een hele fijne, koude wolk van druppels die uit straalpijpen op een groot verhard stuk grond vielen. Sommige mensen dansten de wolk binnen in zwembroek of badpak, anderen poedelnaakt, weer anderen met al hun kleren aan. Paul Michel deed zijn horloge af, legde zijn portemonnee en de mijne rustig in de kofferbak, stak de sleuteltjes bij zich, deed zijn espadrilles uit en stapte onder de douche. Het was acht uur 's avonds. Het was nog altijd vijfendertig graden. Ik aarzelde langs de rand, en voelde de eerste fijne druppels op mijn armen neerdalen. Paul Michel voegde zich bij een troep gierende, dansende Italianen en vroeg een van de jongste meisjes, een slungelig kind van een jaar of veertien, wier kletsnatte zwarte vlechten aan de rug van haar natte jurk kleefden, ten dans. De hele familie klapte en schreeuwde terwijl zij over de ondergestroomde stenen walsten en niet meer bijkwamen van het lachen.

Als ik mijn ogen sluit zie ik dat beeld weer. Ik zie hoezeer hij veranderd was, hoe makkelijk hij vrienden maakte, hoe van elk moment sinds zijn ontsnapping een feest werd gemaakt, een danspartij. Het was niet makkelijk geweest om hem te leren kennen. Hij was moeilijk te peilen. Hij was een massa open vlaktes en afgesloten ruimtes. Aanvankelijk had ik hem, dag in dag uit in de tuin van het ziekenhuis, benaderd met angst voor zijn buien, zijn momenten van plotselinge afzondering, zijn potentiële geweld. Nu zag ik een ander mens. Hij was jonger geworden. Hij was aanwezig, dichtbij, zich elk moment dat we samen waren bewust van mij. Al zijn aandacht ging naar mij. Aandacht is een soort passie. Ik werd niet meer beheerst door mijn *Mission Impossible* – de verlossing van Paul Michel. Ik was niet meer degene die geduld had, die afwachtte, die gaf. Op die reis naar het zuiden wendde hij zijn gezicht tot mij.

Nu eens dansten ze in een kring, dan weer als een kronkelende slang, die alle aanwezigen onder de douche trok, twee naakte jongens, een dikke oude vrouw met een hoofddoek om, en een man met zijn nu druipende bril nog balancerend op zijn neus. Paul Michel stak een hand uit en trok mij in die heerlijke koude waterwolk, en in de kring. Auto's remden af naast de berm van verschroeid gras. Mensen kwamen kijken en de kring dijde uit terwijl we schreeuwden en klapten en dansten in het laatste licht van de dag, dat langzaam oranje kleurde en alles herschiep tot een wereld van goud.

Het was bijna twee uur 's nachts toen we voor de enorme witte poort van Studio Bear bleven staan. Dit was een van de meest geavanceerde studio's van Europa geweest. Hier had Pink Floyd *The Wall* opgenomen, hoewel Alain Legras mij later vertelde dat ze de muziek eigenlijk hadden opgenomen in de betonnen paddestoel waar de chloordoseerinstallatie van het zwembad stond, omdat de akoestiek daar beter was. Paul Michel zei dat hij een plaquette op de deur zou moeten aanbrengen en rondleidingen zou moeten organiseren. De studio was uitgebrand tijdens de grote branden van 1986. Alain Legras en zijn vrouw, die een restaurant had in Monaco, hadden het complex gekocht en de kolossale restauratie op zich genomen, een eindeloos proces van nieuwe muren optrekken, nieuwe daken leggen, nieuwe tegels zetten en de boel opnieuw verven. De grote langwerpige ruimtes, galerijen, gangen, bleven onvoltooid.

Ik was zo uitgeput dat ik nauwelijks kon praten. Toen de hekken openzwaaiden, werd ik geveld door een gigantische zwarte collie genaamd Baloo met kwijlende gele snijtanden en een onbeheerste aanhankelijkheid. Paul Michel goot een fles bronwater in mijn keelgat en bracht me naar bed in een grote kamer met een balkon. Ik hoorde hem de luiken nog dichtdoen, maar ik sliep al zo'n beetje.

Toen ik wakker werd, was de lucht in de kamer al warm en een wervelende wind beroerde de lange witte vitrage, maar de luiken zaten nog dicht. Paul Michel moest bij mij in bed hebben geslapen, want ik zag zijn horloge nog op het tafeltje aan de andere kant van het enorme bed liggen. Maar ik was alleen. Ver weg hoorde ik stemmen. Ik rolde over het bed, beide lakens meenemend, en staarde op het horloge. Het was middag. Ik had het gevoel alsof ik gedrogeerd was. Ik ging staan en ging op zoek naar de douche.

De batterijen in mijn scheerapparaat hadden de geest gegeven. Ik stond spiernaakt te midden van een trieste stapel vuile was toen Paul Michel zonder kloppen binnenkwam. Hij zag eruit als een pas geborstelde panter, vochtig, zacht en glanzend. Hij nam het scheerapparaat uit mijn hand en kuste me licht op de neus.

'Bonjour, petit. Die is op. Neem een plastic mesje van mij. En kom dan beneden, dan stel ik je voor aan Alain en Marie-France. Je weet waarschijnlijk niet eens waar je bent. Bedankt voor het rijden. Je bent een held.'

Het was de eerste keer dat hij me ooit voor iets bedankt had.

We zaten hoog in de bergen, vlak achter Nice. Vanaf het balkon zag ik de valleien aan de rand van de Alpen, omsloten door een reeks kale, steile rotswanden. Als je goed keek, zag je sporen van terrasvorming tot helemaal onder op de hellingen aan toe. Huizen hingen aan onwaarschijnlijke, bijna loodrechte wanden. Ver weg in een smalle bergspleet onder aan al die aardplooien, gehuld in een sluier van stof, stond een grijze cementfabriek. Elk gevoel voor afstand werd je ontnomen door een opake witte gloed die ons insloot. De hitte maakte de geur van de pijnbomen al indringender. Ik zag Baloo op het terras beneden liggen, met zijn poten uitgestrekt over de tegels.

Ik voelde me niet zo'n gast in een huis waar iedereen elkaar verder al kent, want Paul Michel bleek Marie-France ook nooit eerder te hebben ontmoet. Hij kende Alain al meer dan vijfentwintig jaar, maar Alain was met haar getrouwd tijdens zijn opsluiting in het gekkenhuis. Ze stond me wel aan. Ze was lang, mager, in de veertig, maar informeel en eenvoudig. Ze was niet opgemaakt en haar grijzende blonde haren waren opgebonden met een enorme shawl. Ze rookte aan een stuk door en liep met allerlei dingen rond alsof ze niet goed wist waar ze ze neer moest zetten. Ze waren duidelijk rijk. De studio was nu een gigantische, onverwarmbare ruimte met enorme haarden, grote cactussen in potten, een statige eettafel en vierkante abstracten in vlammende roden, blauwen, groenen, allemaal primaire kleuren, aan de muren. Ik nam meteen aan dat ze van haar waren.

’Jij schildert?’ vroeg ik.

’Ja,’ zei ze vaag, ’meestal wel.’

Ze had een zoon uit een vorig huwelijk wiens auto net gestolen was. Ze belde dus aan één stuk door met hem en met de politie, terwijl wij onder de zonneschermen koffie en brioches naar binnen zaten te werken. Marie-France liep met de telefoon in de hand om ons heen en meldde af en toe hoe verrukt ze was ons te zien en hoe ongerust ze was over de gestolen auto.

’Als je de stad in gaat moeten jullie niets van waarde in de Citroën laten liggen,’ zei ze tegen mij, ’niets. Nog geen fles zonnebrandolie. Ik weet niet waarom het zo erg is geworden. Wil je zwemmen? Ik heb de thermometer in het zwembad gecheckt. Het is zevenentwintig graden. Als je wilt kun je het luchtbed nemen. Ik heb het opgepompt. Is pizza voor de lunch oké? O, maar je hebt net ontbeten...’

Als ik mijn ogen sluit, zie ik nog het terras, het glimmende fabrieksstaal van de keuken achter haar, de witte gloed net voorbij de scherpe schaduwlijn die dwars over de gekleurde tegels liep. Ik ruik nog de pijnbomen. Ik zie nog de blote tenen van Paul Michel die zich over de muur krullen en de lavendelstruiken aanraken en ik hoor Marie-France weer babbelen over niets in het bijzonder. Het was net of we er altijd gewoond hadden.

We deelden elke nacht hetzelfde bed. Paul Michel legde zijn kaarten meteen op tafel, zonder aarzeling of gêne.

’Luister, petit. Seks is geen punt tussen ons. Ik ga normaal gesproken niet met mijn vrienden naar bed. Normaal gesproken niet. Dus wees niet bang voor mij. En kom in bed liggen.’

Maar sinds zijn eerste kus na de kloppartij in Quinze Treize was het in mijn hoofd wel degelijk een punt geweest. Ik was opgelucht en teleurgesteld. Ik toonde beide emoties. Ik ging op het bed zitten met mijn rug naar hem toe, mijn ellebogen op mijn knieën, en staarde mistroostig naar de vijandige muskieten die boven de lamp hun rondjes draaiden.

'Wordt mij helemaal geen inspraak gegund?'

Paul Michel lachte uitgelaten.

'Tiens! Ik heb nooit een duidelijker geval gezien van teleurgestelde maagdelijkheid. Kom hier.'

Ik draaide me om, verontwaardigd. Hij stak zijn armen uit.

Ik was gewend aan de geur van zijn lichaam, aan warm gras, sigaretten, chloor van het zwembad, maar niet aan zijn gewicht, niet aan zijn kracht. Hij was zo mager geweest toen ik hem voor het eerst ontmoette; broos, schilferend, bleek, ongeschoren, net een geestverschijning. Nu was hij zwaarder, gebruind, en al zijn seksuele kracht was weergekeerd. Hij pakte me bij mijn schouders, nog steeds lachend, en wierp me met mijn armen en benen wijduit op mijn rug op het bed. Vervolgens drukte hij me met zijn hele lichaam in de matras en drong een knie tussen mijn benen.

'Geef je over,' zei Paul Michel, nog steeds schuddend van het lachen.

Hij trok zich ietsje terug, grijnzend, zijn gezicht nog geen drie centimeter van het mijne. Even was hij stil, opmerkzaam als een kat. Toen kuste hij me heel voorzichtig, heel teder.

'Je hebt nog nooit...?'

'Niet sinds ik van school ben. En toen was het niet zoals nu...'

'Ah, masturbatie in de douches?'

'Een beetje.' Hij maakte mijn gulp open en gespte mijn riem los waarbij de gesp even in mijn buik prikte.

'Heb je littekens? Tatoeages?' Hij grijnsde nog steeds

boosaardig, als een kabouter die me een geheime liefdes-drank probeerde aan te smeren.

'Ik dacht het niet...' Hij nam mijn ballen in zijn hand. Mijn geest liep leeg.

'Een tatoeage zou je je wel herinneren, petit.' Paul Michel bleef volslagen praktisch, volkomen kalm. 'Ik ga je niet neuken want ik heb geen condooms. Ben je op school ook suf geneukt door de grotere jongens?'

Ik zonk weg in zijn armen, elke zenuw gespannen van doodsangst.

'Niet dat ik mij herinner.'

Mijn stem kwam van heel ver, onherkenbaar. Ik voelde de adem van zijn lach in mijn oor.

Ik voelde een verschrikkelijke aandrang. Paul Michel nam de tijd. Hij praatte kalm op me in. Ik had geen idee wat hij allemaal zei. Ik begreep niets meer behalve zijn handen op mijn lichaam. Toen verloor ik elke zelfbeheer-sing. Ik viel halsoverkop in een tunnel zonder eind. Door een stroomversnelling hoorde ik de stem van Paul Michel tot me komen.

'Kalm aan, petit, rustig ademhalen.'

Ik voelde zijn handen op mijn rug. Ik lag op de rand van een afgrond. Ik zag de kamer nog, rook nog de warme nacht, voelde nog zijn adem op mijn gezicht. Toen ver-dween alles en kwam ik klaar tegen zijn blote buik. Hij ving me op met de tederheid van een betonnen golfbreker. Ik bereikte de andere kant zweverig, doodsbang en dol-blij.

Toen ik hem aankeek lachte hij nog steeds.

'Daar,' zei hij, 'dat hadden we weken geleden al moeten doen. Alleen had Pascale Vaury ons dan allebei laten ar-resteren.'

We trokken uit wat we nog aan hadden en doofden het licht. Hij trok het laken op tot over mijn oren en vroeg of ik de elektrische muggenverdelger in het stopcontact had gedrukt. Ik voelde me gekrenkt.

'Hoe kun je aan zulke dingen denken?'

Zijn gelach werd een met de warme nacht.

'Oké. Maar ga mij niet de schuld geven als je schoonheid ontsierd wordt door een massa jeukende rode muggebeten.'

Hij hield me in zijn armen, leunde met zijn hele gewicht tegen me aan. 'Regel jij de muggen, dan koop ik condooms,' zei hij. 'Jullie zijn ook verbazingwekkend, hè, jullie Engelsen. Het duurt eindeloos voor jullie een bepaald punt bereiken, maar als jullie eenmaal zover zijn geef je je ook helemaal.'

Ik was bang dat er iets tussen ons zou veranderen. Ik was doodsbang om hem te verliezen. Ik klampte me die nacht aan hem vast alsof ik verdronk.

Hij kon een geweldig behagen scheppen in dingen die niemand ooit zouden zijn opgevallen. Toen we de eindeloze trap naar de bar aan het plein beklommen, leunde hij opeens tegen een toegetakelde deur aan en begon zich rot te lachen. Ik volgde zijn blik en zag een paar muzieknoten die op de geglazuurde tegels van een roze gangetje waren geschilderd.

Het zei mij hoegenaamd niets.

'Zing het dan, petit,' drong hij aan, zijn armen om me heen geslagen.

Langzaam las ik de muziek van de muur. DO-MI-SI-LA-DO-RE. Ik kon er nog steeds niks van maken.

'Domicile adoré, suffie,' vertaalde hij. 'Perfect. Perfecte kitsch. Als SDF kan ik de ongeremde huiselijkheid van andere mensen wel waarderen.'

'Wat is een SDF?'

'Sans domicile fixe,' lachte hij. 'Wat jullie dakloos noemen.'

'Zo lang ik een dak boven mijn hoofd heb, heb jij dat ook,' beet ik hem fel toe. Ik haatte zijn uitgangspunt dat hij buiten elke structuur stond die ons allen aan het leven bindt. Hij sloeg zijn arm weer om me heen.

'Ik ben gek op Engelsen. Jullie zijn zo onverwacht romantisch. Wist je dat petit?'

'Niet zo uit de hoogte,' sloeg ik terug.

'Hemeltje. Nog agressief ook,' zei Paul Michel minzaam. 'Neem een sigaret van me. Het is een genot om niet meer op rantsoen te zitten.'

Terwijl we verder klommen, steeds verder, in de koelte van de dag, voelden we dat we bekeken werden door vrouwen verscholen achter luiken, door een zwarte kat met gouden ogen, hoog in een alkoof. Iemand had een raam gedecoreerd met smakeloze erotische beeldjes van nimfen, die met gespreide vingers net niet hun geslachtsdelen bedekten. Voor die driedimensionale pornografie in oranje steen hing een stortvloed van kruipende geraniums.

Paul Michel bleef even staan om de rode en groene takjes om de vrouwen heen te draperen, en hun borsten en dijen in het gebladerte te verbergen. Ik was ontzet dat hij het waagde zich met de raamuitstallingen van andere mensen te bemoeien.

'Kom nou. Niet doen... Alsjeblieft... straks worden we nog gearresteerd.'

Met twee treden tegelijk sprong hij achter me aan.

'Vrouwen bedek ik altijd, petit. Maar ik kan uren bezig zijn de vijgebladeren van Hercules los te peuteren.'

'Help me herinneren dat ik je nooit meeneem naar een museum. Je zou waarschijnlijk alle beelden molesteren.'

Hij lachte en raapte een stuk houtskool op dat onder een kelderdeur uitstak. Voor ik hem kon tegenhouden had hij triomfantelijk breeduit op de muur geschreven:

Ik was het al te zeer eens met het gevoel waaraan uitdrukking werd gegeven om bezwaar aan te tekenen.

Hij wist altijd welke kant we op moesten. Ik ga ervan uit dat gebouwen, wegen, winkels, ook al veranderen ze van gezicht, niet meer zijn dan de buitenkant. Landschappen veranderen niet. Eind augustus begon de onnatuurlijke, buitengewone hitte toe te nemen. Veel vakantiegangers keerden huiswaarts. Paul Michel nam me mee naar een strand aan de oostkant van de stad. Het ging bijna helemaal schuil achter de haven. Verscheidene zwervers bivakkeerden op de trap er hoog boven. Ze vroegen nooit om geld. Ze wekten de indruk comfortabel geïnstalleerd te zijn in een massa lompen en kartonnen dozen die eruitzagen als een stal in een kindermusical. Paul Michel klauterde zonder aarzelen langs hen heen. Er waren geen borden die op het bestaan van dat strand wezen. Je moest de golfbreker beklimmen, en pas dan zag je een trap, een smalle reep schoon wit zand en grote rotspartijen aan je voeten liggen. Vlak boven het strand, tussen de overhangende rotsen genesteld, was een cafeetje van gebleekte planken dat zich op enorme teertonnen boven de zee in evenwicht hield. De prijzen waren te doen. Ik bekostigde er voor het eerst in al die weken dat we in de Midi waren zonder financiële bedenkingen een pilsje, al was ik lang geleden opgehouden substantiëlere uitgaven op me te nemen. In de auto kregen we ruzie. Paul Michel wuifde mijn bezwaren weg.

'Luister petit, ik heb bijna tien jaar geen geld uitgegeven. Jij bent een arme student. Ik ben een rijke prins. Waarom zou je niet achterover gaan liggen en mij de cheques laten betalen? Ik sta bij je in het krijt voor al die cakejes en sigaretten die je mij in het ziekenhuis gebracht hebt.'

Ik gaf me gewonnen. Uiteindelijk gaf ik me altijd gewonnen.

Het was de eerste week van september en de hitte hield ons omsloten in een grote, klamme, warme luchtbel. We gingen elke dag naar het strand en brachten onze tijd door met zwemmen, doezelen in het zand en niets doen in het café. Ik merkte dat het hem geen donder kon schelen wat andere mensen vonden. Hij liep gewoon over de promenade met zijn arm om mij heen, kuste me wanneer hij daar zin in had, en zat soms een hele tijd ingespannen naar me te kijken alsof hij zich elk botje en elke spier wilde inprenten.

Ik was degene die de eerste vragen stelde. We zaten met onze voeten door de reling en keken naar de golven en de windsurfers die in angstaanjagende hoeken met het water voorbij scheerden. Ik kwam er heel abrupt mee. Ik wist niet hoe ik het anders moest brengen.

'Wat gebeurt er eind van de zomer? Dan moet ik je weer terugbrengen. Maar ze laten je natuurlijk weer vrij. Dat weet ik gewoon. Wat moeten we dan?'

Paul Michel keek even mijn kant uit. Maar hij had een donkere bril op dus ik kon zijn ogen niet zien.

'Dat is nog ver weg, petit.'

'Nog drie weken.'

'Wat ik zeg. Ver weg.'

'Helemaal niet.'

Hij haalde zijn schouders op. 'Wat wil je dat ik zeg?' vroeg hij toen. 'Er is geen toekomst. Jij probeert iets te leven dat niet bestaat.'

'Maar we moeten toch een beetje een idee hebben? Een soort van plan maken,' hield ik vol. Hij draaide zijn gezicht naar mij toe, maar zette zijn bril niet af. Hij nam mijn beide handen in de zijne.

'Sois raisonnable, mon amour. Jij hebt een dissertatie te schrijven. Ik wil herschapen worden tot een monument van geleerde autoriteit en jij hebt die taak op je genomen.' Hij grinnikte weer. 'Dus... jij brengt mij gewoon terug naar de liefhebbende zorgen van Pascale Vaury en haar sadistische trawanten. Vervolgens marcheer je met militaire precisie door naar Engeland en neem je je studie weer op. En je schrijft me wanneer je programma dat toelaat, meestal met academische vragen over mijn werk. Is dat duidelijk?'

Ik werd kwaad.

'Nee. Dat is niet duidelijk. Ik vertik het om jou weer in dat inferno te laten opsluiten. We loodsen jou langs die medische commissie en daarna gaan we terug naar Parijs. Daar zoeken we onderdak. En ik zoek een baantje of zoiets. Jij moet weer gaan schrijven.'

Hij lachte wild krijsend en liet mijn handen vallen.

'Ach... nou ja, in dat geval...' Hij stak een sigaret op. 'Mijn God, petit, jij zou op een wit paard moeten rijden en een vaandel moeten dragen. Je neemt je rol van verlosser veel te serieus.'

Ik stond op en liet hem alleen in het café. Ik wilde niet dat hij me zag huilen, van kwaadheid, frustratie en pijn. Hij liet mij een uur of zo alleen op het strand. Toen kwam hij naar beneden en wreef nat zand op mijn rug. Ik had hem niet horen aankomen.

'Luister, petit,' zei hij zacht, 'jij bent tweeëntwintig en heel verliefd. Ik ben zesenveertig en krankzinnig verklaard. Het is veel waarschijnlijker dat jij gek bent dan ik.'

Ik kon het niet laten. Ik lachte.

'Ik ben liever gek op mijn manier dan op de jouwe,' zei ik. Hij had nog steeds zijn donkere bril op. Ik kon zijn ogen niet zien.

'Jij hebt geen respect,' zei hij eenvoudig.' 'Kom. Laten we nog een keer de zee ingaan voor we naar huis gaan.'

Die avond, toen we op het terras zaten te eten, werd de hitte drukkender, als een hand voor mijn mond. Marie-France had naar het weerbericht geluisterd. We verwachtten een storm. We zagen hem zelfs aankomen. Een enorme donkere massa dook op boven de vallei achter de stad. Het licht werd violet, vlammend. Het was net of we opeens op een toneel zaten, de belichting afgestemd op het laatste bedrijf. We konden de klamme dreiging ruiken van water in vochtige lucht.

'Doe alle ramen dicht – luiken ook,' riep Marie-France, terwijl ze een willekeurige reeks voorwerpen van de tafel oppakte. We snelden Studio Bear rond en knalden alle ramen dicht.

Ik was bij onze kamer aangekomen toen de eerste loei van de wind het luik uit mijn hand rukte en met een klap tegen de muur van het huis smeet. Ik zag Alain Legras met de parasols bij het zwembad worstelen. De lucht was geladen, apocalyptisch. Ik was het luik net de baas toen boven ons de donder begon te knetteren. De glazen op het tafeltje naast het bed rinkelden en alle lichten gingen uit. Ik was compleet gedesoriënteerd door het plotselinge opsteken van de storm en klampte me stompzinnig vast aan het witte kant van de zwaaiende vitrage. Paul Michel verscheen in de deuropening, zijn flakkerende aansteker voor zijn gezicht.

'Kom ook beneden, petit,' zei hij kalm. 'We hebben kaarsen. Ben je bang voor onweer?'

'Nee. Niet speciaal.'

Maar een storm als deze had ik nog nooit meegemaakt. We zaten rond drie kaarsen op de keukentafel te midden van een crescendo van donderslagen. De bliksem zette elk voorwerp om ons heen opeens in een sinister licht. Alain Legras haalde een fles eau de vie te voorschijn om ons allemaal moed te geven. Toen, angstwekkend dichtbij, sneed een lange, zich telkens vertakkende bliksemstraal het dal in tweeën. We tintelden allemaal en schreeuwden het uit bij het voelen van zoveel kracht, van die duizenden volts die de aarde binnendrongen. En toen kwam de regen.

Binnen een paar seconden stond het terras blank, water stroomde uit de goten, geulen vormden zich in de tuin, en alle wortels van de irissen die Marie-France kweekte werden blootgewoeld terwijl de aarde voorbij spoelde in een stortvloed van modder. We zagen takken die van de bomen werden gerukt, hoorden iets in het zwembad vallen. Baloo, die bij de deuropening lag, hief zijn kop en begon te janken. We begonnen ons zorgen te maken over de auto's, die in een parkeerhaven onder een walnoteboom tegenover het hek stonden. Alain haalde de stekkers van de televisie en de video eruit, voor het geval de bliksem mocht inslaan. Paul Michel bleef rustig zitten roken, en hield mijn hand vast. Zoals hij naar de wereld keek, keek hij naar de storm, opmerkzaam en onverschillig; met die koude, strakke blik die ik nu vreesde.

Het duurde meer dan een uur voor de storm verder trok, landinwaarts, en wij zonder elektrisch licht in het druppende donker achterbleven. Alain en ik trokken parka's en laarzen aan en gingen naar de weg om te kijken wat er met de auto's was gebeurd. De trap naar beneden lag bezaaid met takken, en water kolkte in en om de kuilen in het wegdek. De auto's stonden er nog, zo te zien onbeschadigd. We hadden één raampje van de Citroën open laten staan. De stoelen waren drijf. Op de vloer had zich een vijvertje gevormd. Later hoorden we dat er drie mensen waren omgekomen op een camping bij Cagnes-sur-Mer en dat verscheidene caravans door het water waren meegesleurd. Meer ernstige schade was aangericht in een dorp in de Var, waar een van de bruggen door de plotselinge vloed was weggevaagd en een modderstroom alle huizen in de hoofdstraat was binnengedrongen. De oudere Romeinse brug met zijn elegante welvende boog en subtiele metselwerk had het gehouden, en stond er nog, schrijlings over de bruine, razende massa van de rivier. Van acht mensen stond vast dat ze dood waren en nog veel meer die op de plaatselijke camping hadden gestaan, werden vermist. De televisie vertoonde schokkende beelden van de vernietiging. De streek werd tot rampgebied verklaard. We waren goed weggekomen.

Maar het effect van de storm was wel dat het seizoen was veranderd. Het was nu onontkoombaar september. We gingen nog steeds naar het strand, maar we kwamen 's avonds vroeg weer thuis. Ook tussen ons was weer iets veranderd. Paul Michel begon nu tegen mij te praten zoals hij nooit eerder gedaan had. Het was alsof hij een besluit had genomen. Hij verschool zich niet langer achter zijn masker van cynisme. We zaten zij aan zij in het strandcafé over zee uit te kijken. Het was zesentwintig september.

'Je hebt mij naar Foucault gevraagd, petit. En ik heb je nooit antwoord gegeven.'

Hij zweeg even. Ik hield mijn adem in, ik verwachtte weer een uitbarsting.

'Dat moet ik je uitleggen. Ik heb hem gekend, misschien beter dan velen hem ooit gekend hebben. We hebben elkaar één keer ontmoet. Maar niet meer dan die ene keer. Dat was tijdens een studentenopstand aan de universiteit te Vincennes, waar hij filosofie doceerde. Hij wist toen nog niet wie ik was. Je maakte je niet druk om namen en titels. Het was toen bijna niet te zeggen wie student was en wie docent, als ze aan onze kant stonden. Ik had *La Fuite* al gepubliceerd. En hij was de eerste die commentaar gaf op mijn werk aan wiens mening ik waarde hechtte. Het komt zelden voor dat je een ander vindt wiens geest met dezelfde codes werkt, wiens werk even anoniem, en tegelijkertijd even persoonlijk en lucide is als het jouwe. Vooral een tijdgenoot. Het is veel gebruikelijker dat je de echo van je eigen stem in het verleden vindt. Je luistert als je schrijft, denk ik, altijd of je ook een stem hoort die antwoord geeft. Hoe indirect de reactie ook zijn mag. Foucault heeft nooit gepoogd contact met mij te zoeken. Hij deed iets wat angstwekkender was, provocerender, diepzinniger. Hij schreef terug, in zijn publicaties. Veel mensen hebben opgemerkt dat onze thema's verontrustend overeenkomstig zijn, terwijl onze schrijfstijlen totaal verschillen. We lazen elkaar met de hartstocht van geliefden. Vervolgens begonnen we elkaar te schrijven, tekst voor tekst. En ik ging naar al zijn openbare colleges aan het Collège de France. Hij merkte mij elke keer op. Maar hij liet nooit iets merken. Hij doceerde ook in Californië toen ik in Amerika was voor de publicatie van *Midi*. Ik bezocht zijn seminars. Daar kwamen tegen de tweehonderd mensen op af. Eén keer was ik aan de late kant. Hij stond zwijgend achter de lessenaar en bestudeerde zijn aantekeningen terwijl ik mij bij de mensenschaar achter in de zaal voegde. Hij keek op en we staarden elkaar aan. Toen begon hij te spreken. Hij gaf nooit één teken van herkenning. Maar hij wist altijd dat ik er was.

In Parijs kruisten onze wegen elkaar veelvuldig. We werden vaak uitgenodigd voor dezelfde gebeurtenissen. We gingen naar dezelfde clubs, dezelfde bars. En we negeerden elkaars aanwezigheid. Heel zorgvuldig. Eén keer zouden we bij toeval samen worden geïnterviewd voor een programma over schrijven en homoseksualiteit op France Culture. We weigerden allebei, om dezelfde reden. Dat we best alleen geïnterviewd wilden worden maar dat we niet tot een discussie met de ander verleid wilden worden. Hij werd op de hoogte gebracht van mijn weigering en het schijnt dat hij daar vreselijk om moest lachen. Zijn lach was beroemd. De beslissing die wij namen, om aan en voor elkaar te schrijven, was intiem en verschrikkelijk. Het was een geheim dat nooit gedeeld kon worden. Het was een vreemd verborgen gebaar van wederzijdse instemming. De disputen die wij hadden waren indirect, subtiel, verwrongen. Maar daarom niet minder hartstochtelijk. Zijn geschiedenis van de seksualiteit was als een uitdaging voor mij, een geschudde vuist. *L'Evadé* had de eerste roman in een trilogie moeten worden, een nieuw vertrekpunt. Maar toen hij mijn eenvoud begon te benaderen, mijn abstractie, wendde ik mij af naar een stijl die minder perfect was. Ik begon naar een manier van schrijven te zoeken die wreed was, agressief, anti-sereen. Ik wette mijn volgende verzameling eisen, aan hem, aan mijzelf.

Hij was de lezer voor wie ik schreef.'

Paul Michel tuurde in de blauwe leegte. Ik hoorde opgewekt geschreeuw van het strand beneden. Paul Michel sprak verder.

'Hij heeft het geheim bewaard. Hij heeft me nooit verraden.'

Ik kon me niet langer inhouden.

'Maar het was geen geheim. Iedereen kan het zien. Je hoeft er alleen maar jullie werk voor op te slaan. Naast elkaar, bladzij na bladzij.'

'Weet ik. Dat is juist het grappige. Ze hebben het altijd over invloeden, thema's, preoccupaties. Ze weten niets van het onuitgesproken pact. Dat was absoluut duidelijk tussen ons. Wij kenden elkaars geheimen, zwakheden en angsten, petit. De dingen die verborgen waren voor de wereld. Hij wilde fictie schrijven. Hij piekerde erover dat hij niet mooi was. Dat de jongens niet bij bosjes op hem afkwamen, voor hem vielen. Dat leven leefde ik voor hem, het leven waar hij mij om benijdde en waar hij naar verlangde. Maar ik had geen autoriteit, geen positie. Ik was gewoon een slimme charismatische jongen met de grote gave van het vertellen. Hij is altijd beroemder geweest dan ik. Hij was het Franse culturele monument. Ik ben nooit respectabel geweest. Maar ik schreef voor hem, petit, alleen voor hem. De liefde tussen schrijver en lezer wordt nooit gevierd. Je kunt het bestaan ervan niet bewijzen. Maar hij was de man die ik het meeste liefhad. Hij was de lezer voor wie ik schreef.'

Ik was stil. Ik heb hem nooit verteld dat ik zijn brieven aan Foucault gelezen had. Ik denk dat hij het wel wist.

De laatste dag dat we nog weer naar het strand gingen was dertig september. We hadden besloten die vrijdag naar het noorden te rijden en de tijd te nemen, en even in Avignon of Orange te blijven hangen zodat we zondagavond in Clermont-Ferrand zouden zijn. Ik had besloten de volgende ronde in het Sainte-Marie zelf te vechten. Mijn besluit stond vast, maar ik had niets tegen hem gezegd. Geen haar op mijn hoofd die eraan dacht om ooit naar Engeland terug te keren. Niets in de hele wereld betekende meer voor mij dan Paul Michel. Dat is altijd zo gebleven. Ik weet nog hoe naïef, hoe argeloos, hoe gelukkig ik was. Ik had alle slagen in het verleden gewonnen, ik had hem gevonden, ik had hem vrij gekregen. Ik zou de volgende ook winnen. En die daarna. Maar ik had nooit verwacht wat hij me nog te zeggen had. Hij was die dag bijzonder teder. Als ik mij tot hem wendde, zag ik zijn grijze ogen steeds op mij gericht, niet langer halfdicht, niet omzichtig. Er was geen masker meer, geen schijn. Hij was gul met zijn liefde, vrijpostig in zijn verlangen. Ik weet dat hij me nu de waarheid vertelde, de volledige waarheid.

Ik hing mijn voeten over de reling en keek naar het zand dat uit een gat in de teen van een van mijn gymschoenen lekte. Ik was me bewust van de nu donkerbruin verbrande arm van Paul Michel die op de rug van mijn stoel balanceerde. We keken naar de windsurfers die in de warme wind de trage deining doorkliefden. Het was eind van de middag en het strand was begonnen vol te lopen met een snaterend gezelschap werkende mensen. Sommigen kwamen aan in hun kantoorkloffie, de trap afdalend met hun plastic zakken en nette schoenen. Voor het eerst viel mij op dat de enorme betonnen blokken die de ingang tot de haven beschermden alle de vorm hadden van doodskisten. Het teken van het kruis prijkte in vage, geërodeerde zwarte verf op ieder blok. Maar ze waren gigantisch, meer dan vijf meter lang, twee meter breed, een griezelig memento mori omgebouwd tot golfbreker. Ik wees Paul Michel erop. Hij knikte eenvoudig.

'Ze liggen daar al jaren, petit. De haven is aangelegd op een natuurlijk rotsplateau dat door de doodskisten wordt gestut. Als je eroverheen klimt kun je afdalen naar een rotskaap met een prachtige serie poelen. Daar ging ik altijd zonnebaden.'

Ik draaide mijn hoofd en keek hem aan, mijn ogen halfdicht geknepen tegen het felle licht.

'Dus je kent het strand? Ik had me niet gerealiseerd dat je hier eerder was geweest.'

Hij glimlachte licht.

'Je krijgt een prachtige kleur.' Hij streelde liefdevol mijn rug. 'Je bent net een gepolitoerde notehouten tafel. Ik ook. Je kunt me zo van de hand doen als gerestaureerd antiek.'

We keken naar een paar kinderen beneden die zand in flessen filterden en ze de zee op duwden.

'Zouden daar nog brieven in zitten?' vroeg Paul Michel.

'Ik denk het niet.'

'Want als dat wel zo is moet je snel naar beneden om ze te pakken. Dat waren mijn boeken ook. Boodschappen in flessen.'

'En heb je geen boodschappen meer te versturen?'

'Nee.'

Ik was een ogenblik stil. Toen vervolgde hij alsof ik wel had gesproken, stelde zijn eigen vraag en gaf antwoord.

'En wat blijft er over voor een schrijver als hij al zijn boodschappen verzonden heeft? ... Rien que mourir.'

Ik ging woedend rechtop zitten.

'Ik wil dat je godverdomme niet zo praat. Dat werkt me op de zenuwen. Jij bent niet gek. Of verdoemd. Jij wordt beter. Jij bent beter. Je zult weer schrijven. Beter zelfs.'

Hij keek me aan, afstandelijk, geamuseerd. Ik voelde me net de stier, kijkend naar de lans in de hand van de toreador.

'Heb je ooit van een vrouw gehouden, petit?'

Ik was overrompeld, en als altijd ontweek ik de vraag en vertelde de waarheid.

'Ik had nog nooit eerder van een man gehouden. Tot ik jou las.'

Hij glimlachte om het werkwoord, vreemd in de context van ons gesprek.

'Nee? Nou... Ik voel me gevleid. Laat me je vertellen wat me eens is overkomen. Iets wat me altijd geobsedeerd heeft. Het was vijftien jaar geleden. In augustus, zo'n beetje dezelfde tijd dat jij en ik in de Midi aankwamen. De stranden vooraan waren vol dus ik zocht naar iets rustigers om te broeden en te zwemmen. Ik vond een lege, hete rotsplaat, een heel eind bij iedereen vandaan. Daar helemaal, voorbij die golfbrekers annex doodskisten. Die plaat was kaal, leeg, een aaneenschakeling van scherpe rotsen en poelen. Ik maakte aantekeningen, en sliep op het heetst van de dag. Ik reisde altijd alleen, leefde altijd alleen. Ik heb zelfs nooit een kamer met iemand gedeeld, al sinds mijn kinderjaren niet meer. Het is raar soms, om 's nachts, als ik niet slaap, jouw ademhaling te horen. Jij brengt de sfeer van mijn jeugd terug, petit. Ik heb gekozen voor eenzaamheid en de diepere dimensies van die keus, die onontkoombaar en noodzakelijk zijn. Ik heb mijzelf veroordeeld tot isolatie en afzondering. Het was de enige manier waarop ik kon werken, het was mijn manier om me te verdedigen. Ik schreef altijd in totale stilte. Ik zat vaak naar de stilte te luisteren.

Zelfs hier in de Midi bracht ik de dagen alleen door. Maar ik had pas één dag mediterend doorgebracht, als Prometheus aan de rots geketend, toen mijn schuilplaats werd geschonden. Ik kwam vroeg in de morgen aan en trof er een jongetje, bleek, schriel, krullen, slechts gehuld in een spijkerbroek met rafelig afgeknipte pijpen, dat bezig was de rotspoelen te inspecteren. We staarden elkaar aan, allebei duidelijk ontstemd. Hij had het hele rotsblad al opgeëist als zijn koninkrijk en een reeks vallen uitgezet in de poelen, die allemaal leeg waren op wat zeewier na. We zetten de netten opnieuw uit en ik deed een paar suggesties. Hij had enorme ogen, een boze blik als van een uil. Ik was gefascineerd door de intensiteit van dat kind, zijn haperende Frans, zijn complete, starende onverschrokkenheid.

Een merkwaardige vriendschap bloeide tussen ons op. Hij bracht de ochtenden door met spelen tussen de rotsen of duiken naar voorwerpen. Wat hij vond, bracht hij bij mij. Ik deelde mijn salami, brood en appels met hem. Om één uur verdween hij en ging zijn vader zoeken, maar later op de dag kwam hij weer terug om zijn vallen te controleren. Ik houd van de eerlijkheid, de schranderheid van kinderen. Hij vertelde me dat hij bijna elf was, die verwarrende tijd van vragen, ontwaken. Hij vroeg me wat ik aan het schrijven was en ontcijferde hele zinnen in mijn notitieboekje, griezelig geconcentreerd, worstelend met hun betekenis. Ik herinner me nog dat hij vertelde hoeveel hij van lezen hield. Alles wat hij gelezen had klonk te volwassen voor zijn leeftijd; vreemde, ongeschikte werken, Zola, Flaubert, T.E. Lawrence, Oscar Wilde. Het deed hem plezier dat we dezelfde dingen hadden gelezen. Ik vroeg hem wat hem het best was bevallen van alles wat hij van Oscar Wilde had gelezen. Zonder aarzelen antwoordde hij: ”*The Picture of Dorian Gray*.” Toen keek hij me argwanend aan. ”Niet iedereen die mooi is is eerlijk.”

Ik deed mijn uiterste best om mijn gezicht in de plooi te houden. Het zou een bewijs zijn geweest van mijn oneerlijkheid als ik had gelachen.

Maar ik vroeg wie hem al zijn boeken gegeven had. Ik kwam erachter dat hij geen moeder had en dat zijn vader nooit kinderboeken had gekocht. Hij had het kind gewoon op zijn eigen bibliotheek losgelaten.

Hij vertelde nooit hoe hij heette. Hij vroeg ook nooit hoe ik heette.

Ik begon te hopen dat hij er al zou zijn als ik 's morgens over de rotsen klauterde.

Hij vroeg me waarom ik altijd alleen was. Ik vertelde hem dat ik schrijver was. En dat de meeste schrijvers alleen werkten. Hij vroeg me of ik een beroemde schrijver was. Ik zei dat ik tamelijk beroemd was en de Prix Goncourt had gewonnen. Hij vroeg of dat een heel belangrijke prijs was en of ik een groot huis met tuinen had. Ik vertelde hem dat ik het voormalige meidenkamertje boven in een hotel huurde. En nog zie ik voor me hoe hij daar zijn neus voor ophaalde. En me vroeg waarom ik als een verpauperde kluizenaar leefde terwijl ik eigenlijk een rijk man was. Toen besefte ik dat ik mij alle clichés over soberheid had eigengemaakt.

En ik herinner me zijn reactie. Hij zei: ”Waarom je behelpen met het kale minimum? Waarom op zo weinig teren? Als ik jou was zou ik alles willen. Ik zou niet tevreden zijn met zo weinig.”

En ik herinner me hoe vreemd dat klonk, uit de stilte van dat benige, onschuldige gezicht, met zout dat aan zijn korte, natte krullen kleefde. Ik lachte en zei: "Je bedoelt dat ik een groot huis en een auto en een vrouw en kinderen zou moeten hebben?"

Zijn gezicht betrok en werd jaren ouder van de minachting die eruit sprak. Hij kreeg het voorkomen van een dwerg en reageerde met verwoestende, verschrikkelijke ernst. "Nee. Dat bedoel ik niet. Dat kan iedereen. Jij zou... alles moeten willen. Dit allemaal." En hij strekte zijn arm, die al rood werd van de zon, tot hoog boven zijn hoofd, wijzend naar het eindeloze, overwelvende blauw boven ons, en de altijd wijkende lijn van de zee, die zich uitstrekte tot aan Afrika.

Ik keek en lachte. Hij schudde met zijn wijsvinger naar me als een boze kabouter. En declameerde vervolgens de les van de dag met de ernst van een geestelijke. "Het lijkt erop dat jij een armzalig en eenzaam bestaan leidt. Je zou op grootsere schaal moeten leven. Je zou nooit genoegen moeten nemen met stront als je taart kunt krijgen."

Ik was absoluut gecharmeerd.

En ik weet wat je denkt, petit. Dat ik verliefd werd op dat kind dat had gelezen over sodomie, castratie, de klassenstrijd, gewelddadige perverse seks, en dat steeds de laatste pagina had gehaald in het ongeschonden bezit van zijn adembenemende, romantische onschuld en een arrogantie die stoelde op zijn eigen resolute wereldbeeld. Jij denkt dat ik jou vertel over eerste liefde. Je hebt gelijk. Die jongen was mijn eerste liefde. En ik was de zijne.

Hij had zijn eigen ideeën. Hij had zelfs ideeën over het soort boeken dat ik zou moeten schrijven. Hij bekeek *La Maison d'Eté* en zei dat het veel te kort was. Ik moest op het grotere werk mikken.

"Dikker. Veel langer dan wat je nu schrijft. Je boeken moeten onmetelijk zijn. Niet perfect. Niets is perfect. Als je probeert het er perfect uit te laten zien wordt het alleen maar gekunsteld."

Ik zei dat hij een literaire megalomaan was. Dat woord kende hij niet. Ik moest het spellen en alle dimensies ervan uitleggen. Ik moest het voor hem opschrijven. Hij vroeg me om hem het verhaal van *Midi* te vertellen, dat ik toen aan het schrijven was. Ik geloof dat ik het bij het navertellen opwindender maakte. Hij vroeg me waarom de personages nooit gelukkig konden zijn, nooit een band kregen. Ik legde uit, zonder te aarzelen, en zonder erbij na te denken, dat het een allegorie van de homoseksualiteit was. En toen deed hij mij versteld staan.

"Wat is een allegorie?" vroeg hij. "En waarom moet homoseksualiteit altijd ongelukkig zijn in boeken? Elders is het dat ook niet."

Ik stelde voor om de rotspoelen te gaan inspecteren, en zijn beschuldigende blik was de reprimande voor mijn uitvluchten.

Hij liet zich nooit in met zinloze spelletjes of doelloze conversaties. Er was altijd een doel te bereiken of informatie die verzameld moest worden. Ik herinnerde me dat nog, de angstaanjagende doelbewustheid van een enig kind. Ik had hetzelfde onvermogen om tijd te verspillen. Dag in dag uit kwamen we naar de rots, inspecteerden de met wier bedekte spleten en tunnels, en zwommen in het heldere, warme water. Ik herinner me één keer, dat ik de ronding van zijn rug bekeek toen hij op zijn hurken in de klotsende, ademende zee zat te turen. En dat me opviel hoe elke ruggewervel op zichzelf stond, in een lange benige ketting, fragiel en toch onverwoestbaar. Hij was ongewoon sterk.

Ja, ik neem aan dat ik inderdaad verliefd werd op dat kind. Maar er was iets belangrijkers. We werden vrienden. Wat voor gelijkheid is er mogelijk tussen een kind van elf en een man van in de dertig? Vriendschap, saamhorigheid, vertrouwen maken alle dingen gelijk. Jij doet me aan hem denken.

Maar het was slechts een kwestie van tijd voor de vader het verdwijnende kind kwam zoeken. Ouders vrezen terecht dat de slangen van het verderf op elke straathoek op de loer liggen. Of in dit geval uitgestrekt op de warme rotsen.

Het tafereel waar hij getuige van was, was vredig en onschuldig genoeg. We zaten te kaarten en mineraalwater te drinken in de schaduw van een grote grijze rots, een overhangende massa als de neus van een olifant. Toen was hij er opeens, hoog boven ons, als derde in de driehoek, en keek op ons neer. Hij had een spijkerbroek en een licht, crèmekleurig jasje aan. Ik was me bewust van zijn gekleurde omtrek, alsof het kind hem getekend had. Ik geloof dat ik verwachtte dat hij een pistool zou trekken. Het kind keek vluchtig op. En concentreerde zich op zijn kaarten.

"Dit is mijn vader," was het enige wat hij zei.

De vader hurkte naast ons neer en bekeek onze kaarten.

"Vragen. Je moet wel," zei hij tegen de jongen, terwijl hij zijn ogen afschermde tegen de zon. Hij was een jaar of tien ouder dan ik, glad, knap om te zien. Het viel me op dat hij een gouden zegelring droeg aan de pink van zijn linkerhand. We speelden het spelletje uit. Het kind won.

"Ik hoop dat je niet vals hebt gespeeld," zei zijn vader tussen neus en lippen door.

"Ik speel nooit vals tenzij ik niet anders kan," luidde de reactie. Toen richtte de vader zich rechtstreeks tot mij.

"Wilt u vanavond met ons dineren? We reizen morgen door naar Italië." We keken elkaar recht in de ogen. Ik stemde in. En op hetzelfde moment besefte ik dat hij homoseksueel was.

Ze logeerden in het beste hotel in Nice. De ommekeer, of openbaring zo je wilt, kwam die avond op de trap voor het hotel. Het kind zat op de balustrade op me te wachten, naast een enorme palmboom in een Romeinse urn. Hij zat op de uitkijk, waakzaam en gespannen als een kat. Maar ik zag hem het eerst, en ik merkte zijn geborstelde krullen op, die wel verguld leken, zijn jukbeenderen, roze verbrand en onder de sproeten, de lange armen, om zijn knieen gewonden. Zijn dubbelzinnigheid beukte plotseling op mij in, met de kracht van de zee die op de rotsen beukt. Ik had mij niet vergist in het wezen van dit kind. Maar ik was zonder meer misleid wat haar geslacht betrof. Ze sprong van de eenzame balustrade en vloog in mijn armen.

Bij het afscheid die avond zei ze iets dat ik nooit zal vergeten. Voornamelijk niet omdat een enig kind, een kind als ik, een kind als zij, altijd zijn beloftes houdt. Ze zei: "Als je van iemand houdt... weet je waar diegene is en wat hem overkomen is. En je steekt je nek uit om hem te redden als je dat kunt. Als jij in de problemen komt, beloof ik dat ik je zal komen redden."

Ik denk dat dat de vreemdste, meest romantische verklaring is die ooit tegenover mij is afgelegd.

"Echt?" vroeg ik.

"Ja, en als ik beter Frans kan lezen lees ik elk woord dat jij schrijft. Ik zal jouw lezer zijn."

Was dat geen bijzondere belofte petit? Het waren Engelsen. Haar vader was een charmante man. Hij werkte bij de Bank of England. Ik vraag me weleens af of ze zich mij nog herinnert.'

Ik zat Paul Michel aan te staren, sprakeloos en verschrikkelijk bang. 'Ze is jou nooit vergeten,' zei ik toen. 'Ze heeft haar belofte gehouden. Ze heeft mij gestuurd.'

Hij gaf even geen reactie. Het was inmiddels zeven uur geweest en het licht viel zachter op de vaten, de rotsen, de touwen die het café boven het strand droegen. De wereld veranderde in lichtgevend goud.

'O? Is dat zo?' was het enige wat hij zei.

Die nacht was hij weer rusteloos. Ik sliep bijna toen ik hem op hoorde staan.

'Wat is er?'

'Sjjj, petit. Ik ga alleen naar beneden, iets drinken.'

Hij kuste mijn oor en streelde even over mijn hoofd. Ik viel in diepe slaap.

Het was na vieren in de ochtend toen ik hardnekkig op de deur hoorde kloppen. Ik ging bibberend zitten. Paul

Michel was niet teruggekomen. Ik was alleen. Het was een vrouwenstem aan de deur. Door een mist van slaap en angst herkende ik Marie-France Legras. Ze riep mijn naam. Maar ze wachtte geen reactie af, ze stond al in de kamer, te roepen, te roepen.

'Wat is er?' stamelde ik.

'De politie is er.'

'Paul Michel?'

'Ik ben bang dat het slecht nieuws is.'

Ik brulde zijn naam en zette het op een onbeheerst huilen. Ik had hierop gewacht, op het lege bed, de kreet in de nacht. Ik had geweten dat hij niet op me zou wachten. Marie-France sloeg haar armen om me heen en fluisterde alle teders en geruststellends wat ze tegen haar zoon gefluisterd zou hebben. Het drong tot me door dat zij ook huilde. Het duurde enige uren voor ik de politie onder ogen kon komen.

De manier waarop hij aan zijn eind kwam was bizar. Hij had de auto genomen, hoewel hij niet mocht rijden, en was langs de kustweg van de Estérel richting Cannes vertrokken. Je kunt op die weg weinig snelheid maken, zelfs in een krachtiger wagen dan een deux-chevaux, hij is te smal, oneffen, kronkelig. Er was niet veel verkeer. Een gigantische witte uil, aangetrokken door de gele koplampen en de slingerende auto, richtte zijn grote ogen strak op zijn gezicht en stortte zich op de Citroën. Het dier knalde door de voorruit en sloeg zijn klauwen in zijn gezicht en hals. De auto ramde de steile rots. Hij was op slag dood. Ze hadden hem op de brancard gelegd met de grote dode vogel nog om zijn gezicht gevouwen. Weken later wees gerechtelijk onderzoek als doodsoorzaak meervoudige verwondingen aan die het gevolg waren van de botsing; een ongeluk, verongelukt, een futiele dood, alledaags, banaal. Maar de lijkschouwing bracht aan het licht dat hij genoeg alcohol en paracetamol door zijn bloed had gemengd om een eind te maken aan het leven van verscheidene filmsterren. Hij had alle medicijnen uit ons medicijnkastje genomen, alles, zelfs de tabletten tegen wagenziekte, en die ingenomen met een fles whisky. Het was een wonder dat hij nog in staat was geweest zover te rijden. Er was geen sprake van een vergissing. Hij was van plan geweest om te sterven. Hij had gezocht naar de grote witte uil op de smalle grensstrook tussen de bergen en de zee.

En toen wist ik wat hij had gezien – het laatste beeld voor de duisternis in zijn blikveld was gevallen: de buik van een grote witte uil, de vleugels uitgespreid, van onderen belicht, enorme gele ogen, pupillen die aanscherpten tot spleetjes terwijl twee klauwen zich uitstrekten naar het glas en het witte gezicht daarachter, vlekkerig en uitvergroot, als door een krachtige lens.

Marie-France ging naar de FNAC en kocht al zijn boeken.

'Ik lees normaal niet veel. En zeker niet dit soort werk. Ik houd van historische romans. Maar ik vind dat we het aan hem verschuldigd zijn. Ze zeiden dat Le Seuil met een nieuwe beknopte editie van al zijn politieke essays komt. Ik denk dat ik alleen de romans ga lezen.'

De politie ondervroeg me uren achtereen. Ik bleef instorten en huilen als een kind. Ze goten hele flessen bronwater in mijn keelgat. De gendarme aan de typemachine corrigeerde mijn Frans. Hij moest in het woordenboek opzoeken hoe je schizofrenie spelt.

Vroeg in de morgen van de tweede dag kreeg ik een telefoontje. Een zeer zorgvuldig Engels accent stelde me eerst voor een raadsel.

'Hallo? Ben jij dat? Met Jacques Martel. Je Londense vrienden belden me in Parijs. De politie heeft het ziekenhuis ook gebeld. Dus ik kom van het Sainte-Anne, en namens de vader van Paul Michel. Hij is te ziek en seniel om te begrijpen dat zijn zoon dood is... Ik sta op het vliegveld... Maak je geen zorgen, ik neem wel een taxi. Ik ben hier om je te helpen met de papieren... Ja... je gelooft nooit wat er allemaal bij komt kijken. En we moeten tamelijk snel te werk gaan. Ze geven het lichaam eind volgende week vrij.'

'Hebt u de noodzakelijke machtiging?' Ik slikte hulpeloos. 'Ik niet, hebben ze tegen mij gezegd.'

'Ik zou denken van wel. Ik ben de zaakwaarnemer van Paul Michel. Ik ben over ongeveer een uur bij je.'

Ik ging naast de telefoon zitten, overal tintelend van schrik en van angst. Er waren te veel stukken van dit verhaal die ik niet had gezien, te veel connecties die nooit waren onthuld. De man met de glimlach van een wolf en de geslepen tanden van een haai was de kluizenaar in de grot geweest, die mij gewaarschuwd had voor de gevaren die mij wachtten. Ik was in de gaten gehouden en geleid, bij elke stap die ik gedaan had. Ik was hun Ridder van het Rode Kruis, uitgezonden om de verloren ziel te zoeken. Ik had de aard en betekenis van mijn taak nooit begrepen en nu was ik verslagen. Ik zat nog steeds op de grond naast de telefoon toen ik Baloo bij het ijzeren hek hoorde janken. Jacques Martel, in een licht pak, jasje over een arm, koffertje en reistas in de andere hand, stond kaarsrecht en onverstoorbaar als een pijnboom in de bergen aan de andere kant van de witte tralies.

Ik drukte mijn gezicht tegen het koude hek.

'Waarom hebt u dat niet gezegd bij onze eerste ontmoeting?' Ik schreeuwde bijna.

'Ik heb je alles verteld wat je weten moest.' Zijn manier van doen was kil, uiterst zelfverzekerd.

Ik dacht aan mijn germaniste, haar massa krullen en intense, uilachtige blik. Ik voelde me de gevangene van een samenzwering.

'Wist zij het ook? Was zij er ook bij betrokken? Wisten jullie hier allemaal van?'

Baloo jankte naar de blauwe lucht.

'Vraag het haar.' Jacques Martel stapte kalm door het hek en de hond begon snuffelend om zijn benen heen te draaien.

'Niet bang zijn.' Hij gaf me zijn reistas en nam met professionele stevigheid mijn arm. 'Ik ben hier nu. Ik ben hier om voor jou te zorgen.'

Ik keek naar hem op, nu door doodsangst bevangen. Wat gebeurde met de mensen die aan zijn zorg werden toevertrouwd? Maar het was zo makkelijk mij stil te krijgen, mijn hysterie af te leiden. Marie-France bleef maar zeggen, je bent ziek, je hebt een verschrikkelijke shock gehad, je hebt je vriend verloren. Ik werd naar de dokter gebracht. Ik kon niet meer ophouden met huilen. Ze gaven me kalmerende middelen en ik begon de heldere, afkoelende wereld door een waas te zien. Ik at nauwelijks. Ik sliep tien uur per dag. Jacques Martel regelde alles. Ik herinner me zijn handen, wit, glad, onaangetast door werk, die de vulpen uit zijn binnenzak haalden, alle noodzakelijke papieren tekenden, de telefoon pakten, de formulieren invulden. Ik vocht tegen de verdoving, en tegen stromen van tranen.

'Je moet eten. Hier heb je wat groentesoep. Probeer eens. Het is heel voedzaam.' Marie-France overlaadde mij met moederlijke zorgen. Haar man trok zich terug bij zijn nieuw gebouwde oven en bracht de avonden door met het bedenken van steeds ingewikkelder en sinisterder pizza's met exotische vullingen.

De begrafenis werd vastgelegd voor twaalf oktober. Jacques Martel besloot hem bij zijn moeder te begraven, op het dorpskerkhof boven de wijngaarden van Gaillac, niet ver van Toulouse. Vervolgens werden we geconfronteerd met bijzondere administratieve kwesties, griezelig en bizar. Moesten we een lijkwagen huren en naar Toulouse rijden? Was crematie in Nice een verkieslijker optie? Zodat we hem zelf terug konden brengen, met alleen een urn in de kofferbak? Moesten we het lijk laten invliegen en regelen dat de plaatselijke begrafenisondernemer ons op het vliegveld opwachtte? Jacques Martel bestudeerde alle opties.

Artikelen, kritieken, retrospectieven over zijn werk begonnen van de pers te rollen. Marie-France beschermde mij tegen de journalisten. Baloo bewaakte de hekken. Hoe dan ook, ik had niets te zeggen. Op de avond van de zesde dag na zijn dood belde ik de germaniste in haar flat in Maid's Causeway. Ik wist niet wat te doen, ik was compleet kapot. Ik kon mijn ouders niet vragen om te komen. Ik kon er niet alleen mee verder. Ik had het gevoel dat ik niemand meer had.

'Hallo,' zei ze kernachtig.

'Met mij.'

Ze zweeg even. Toen zei ze: 'Ik heb je promotor gezegd dat je later terugkomt en ik heb een briefje achtergelaten op de universiteit.'

'O, bedankt.'

Ze raadde meteen wat ik niet bij machte was te vragen.

'Wil je dat ik kom?'

Ik begon in de hoorn van de telefoon te huilen.

'Niet huilen,' zei ze, en ik hoorde de klik van haar aansteker vlak bij de hoorn.

Ze zegde toe om Schiller voor een week of zo in de steek te laten en stuurde een telegram met geen andere informatie dan haar vluchtnummer.

BA 604. Arriveert Nice morgen 18.30.

Ik stond in de grote overkoepelde aankomsthal te wachten tussen de honden en de bewakingsagenten, nog in hetzelfde gevlekte T-shirt, dezelfde spijkerbroek en dezelfde gymschoenen die ik had aangehad toen hij me het verhaal vertelde van de jongen op het strand. Toen ze van achter de balie te voorschijn trad, staarde ik naar haar krullen en bril alsof ik haar voor het eerst zag.

Ze arriveerde fris, kordaat, doelbewust, en droeg de kilte van Engeland met zich mee. Ze kuste me. Vervolgens inspecteerde ze me iets nauwlettender.

'Je ziet er afschuwelijk uit,' zei ze.

'Weet ik.'

'Nou, je bent er doorheen geweest, zie ik.' Maar ze specificeerde niet wat het was dat ik zo onsuccesvol had doorlopen. Ze droeg haar eigen tas. Ze droeg min of meer ook mij. Ik werd naar buiten gesleept, naar het trottoir en de warmte van de vroege herfst. Het licht was aan het veranderen. Het luchtruim was nu onmetelijk, geweldig, overal om ons heen aan het uitdijen. Ze wenkte een taxi.

'We zouden ook met de bus kunnen gaan,' opperde ik.

'Niet zo belachelijk. Je zou de rit niet kunnen verdragen.'

Ze had gelijk. Ik leunde op haar en huilde de hele weg terug naar de stad. Jacques Martel was dolblij haar te zien. Vanaf dat moment namen ze alle beslissingen samen.

Het bleek niet te betalen om het lichaam terug te vliegen naar Toulouse. Om de een of andere reden kost een ticket voor een lijk veel meer dan voor een levend persoon. Dus besloten we in konvooi terug te rijden naar Gaillac. Zijn tante, nu tachtig, nog goed bij het hoofd, was zijn erfgename. Ze was druk bezig de begrafenis te regelen en had besloten dat de weerkerende zondaar een fatsoenlijke katholieke begrafenis moest krijgen, maar voor de minimale prijs. Ze plaatste één advertentie in de plaatselijke kranten. Maar de landelijke bladen waren er vol van. De curé was ingelicht en had strenge orders gekregen om buitengewoon discreet te zijn. Journalisten en camera's werden niet toegelaten. Jacques Martel liet ze weten heel opgelucht te zijn dat het een auto-ongeluk was geweest en geen aids. Hij was terecht woedend, maar hield zich aan de telefoon in. Madame Legras zei dat het geen zin had in discussie te gaan met mensen als zijn tante, die dan wel ongelooflijk rijk mochten zijn, maar die boeren bleven, en die vrijwel zeker nooit een van zijn boeken hadden gelezen. Ik herinnerde haar er niet aan dat zij dat, tot voor een week, ook niet gedaan had.

Er werd, zonder enige discussie, besloten dat ik niet aanwezig zou zijn bij de 'levée du corps'. In plaats daarvan nam de germaniste me mee naar een expositie van gravures van Picasso. Voor de rest van mijn leven zal ik ze mij herinneren, die verlengde saters die op panfluiten spelen, en de boosaardige gelaatsuitdrukkingen van de Minotaurussen.

We wisten niet wat we aan moesten met de weinige dingen die hij op onze kamer had achtergelaten. Ik pakte al zijn spullen in bij mijn eigen bagage en nam ze mee op mijn reis naar huis.

Ik had er nou niet op gerekend dat we de snelweg zouden nemen. In Engeland verplaatst een lijkwagen zich meestal stapvoets. Maar wij suisden door het felle herfstlicht over de linker rijbaan. De grote gekartelde rode bergen van de Midi snelden langs, de roze plooien van Monte Ste-Victoire zakten achter ons weg. Bij Arles kwamen we in een file te staan. Ik staarde naar de achterkant van het busje waar zijn kist veilig in stond vastgeklemd. Het had wel een politiebusje kunnen zijn dat iemand naar de gevangenis bracht, of een geheim goudtransport. We hielden zelfs even halt op een grote parkeerplaats om te lunchen en lieten Paul Michel rustig in het busje onder de geurende parasoldennen staan. We waren allemaal heel ernstig, heel stil. Ik bleef me ontdaan voelen. De germaniste liet mijn hand geen moment los. En daar was ik dankbaar voor.

De reis kostte ons de hele dag. We kwamen in Gaillac aan net toen het licht op de heuvels achter Toulouse begon te verbleken. Het busje verdween, en liet mij achter met een wee gevoel van paniek en verlies. Zolang ik wist dat hij met ons meereisde was dat voor mij een vage troost geweest. Jacques Martel stouwde ons allemaal weg in het Hôtel des Voyageurs, vlak bij het plein in Gaillac.

'Waar brengen ze hem heen?' wilde ik weten.

'Naar de kerk.'

'Helemaal alleen? In het donker?'

Jacques Martel keek me aan.

'Er branden altijd kaarsen,' zei hij.

Ik wilde de nacht in de kerk doorbrengen. Jacques Martel haalde zijn schouders op en liep onze kamer uit. De germaniste zat te roken, in kleermakerszit op ons bed.

'Ik zou het je niet aanraden,' zei ze. 'Je zou veel te moe en verdrietig worden. En we moeten morgenochtend in alle vroegte onze bloemen halen. Als je wilt kunnen we ze daarna naar de kerk brengen en daar alvast wachten. Maar je moet eigenlijk wel je opwachting maken bij zijn tante. En dan zul je toch in vorm moeten zijn. Trouwens, ik wil je iets laten zien.'

Ik zat er troosteloos bij, mijn hoofd in mijn handen. 'Wat wil je me laten zien?'

Ze had een brief aan Paul Michel geschreven die ze van plan was samen met onze rozen aan de kist te bevestigen.

'Meestal halen ze alle bloemen eraf en leggen die na afloop weer op het graf. We zullen er dus gewoon op moeten aandringen dat ze de rozen mee begraven. Daarom moet je die boze tante ook charmeren. Ze heeft tenslotte alle reden om jou dankbaar te zijn...' Ze had overal aan gedacht.

De brief was al verzegeld.

'Kijk. Dit is een kopie. Het is een brief van jou. Dus het is belangrijk dat je weet wat je gezegd hebt.'

'Maar ik heb die brief niet geschreven.'

'Maakt niet uit. Doe maar alsof. Er zal in staan wat jij hem te zeggen had.'

Ik las de brief.

Cher Maître,

Ik was ook jouw lezer. Hij was niet je enige lezer. Je had niet het recht mij te verlaten. Nu laat je mij achter in dezelfde afgrond waar jij voor stond toen je de lezer verloor die je het meest van alle liefhad. Jij was bevoorrecht, verwend; niet elke schrijver weet dat zijn lezer er is. Jouw werk is een hand, uitgestrekt in het donker, in een onwetende leegte. De meeste schrijvers hebben niet meer dan dat. En toch, hoe kan ik je verwijten maken? Je schreef nog altijd voor mij.

Jij hebt mij gegeven wat elke schrijver geeft aan de

lezer van wie hij houdt – verdriet en vreugde. Er waren altijd twee dimensies aan onze vriendschap. Wij hebben elkaar gekend, samen gespeeld, samen gepraat, samen gegeten. Het deed pijn om jou los te laten. Wat ik het meest mis zijn je handen en je stem. Zo vaak keken we ergens naar en bespraken samen wat we zagen. Daar hield ik van; jouw koude blik op de wereld. Maar de intiemste relatie die wij hadden was de relatie waar jij aan bouwde als je voor mij aan het schrijven was. Ik heb je gevolgd, bladzij na bladzij na bladzij. En ik heb teruggeschreven in de kantlijnen van je boeken, op het schutblad, op de titelpagina. Jij bent nooit alleen geweest, nooit vergeten, nooit verlaten. Ik was er, ik las, en ik wachtte.

Dit is mijn eerste en laatste brief aan jou. Maar ik zal je nooit verlaten. Ik blijf jouw lezer. Ik blijf me jou herinneren. Ik blijf schrijven binnen de oorspronkelijke vormen die jij voor mij gemaakt hebt. Jij zei dat de liefde tussen schrijver en lezer nooit gevierd wordt, dat het bestaan ervan nooit bewezen kan worden. Dat is niet waar. Ik ben teruggekomen om jou te vinden. En toen ik je gevonden had heb ik je nooit opgegeven. Noch zal ik dat nu doen. Je hebt mij gevraagd waar ik het bangst voor was. Ik ben nooit bang geweest om jou te verliezen. Omdat ik je nooit zal laten gaan. Jij zult altijd al mijn aandacht hebben, al mijn liefde. Je te donne ma parole. Ik geef je mijn woord.

'Nou?'

Achter haar bril was ze er niet meer zo heel zeker van dat ze er goed aan gedaan had. Maar ze had de waarheid geschreven. Het was zo simpel verwoord. Ik had ver-schrikkelijk van hem gehouden. En nu was hij dood. Ik greep haar bij haar schouders en krijste.

'Hij zal dit nooit lezen. Hij is dood. Hij is dood. Hij is dood.'

Ze wiegde me een poosje in haar armen. Toen zei ze fel:

'Hoe weet je dat hij het nooit zal lezen?'
Daar was geen antwoord op.

De volgende morgen ging ze op pad met haar creditcard en kocht voor 480 franc aan rozen. De brief zat om de stengels gewikkeld, vastgebonden met een touwtje en verborgen in een enorme massa begeleidend gebladerte. Jacques Martel reed ons naar het huis. Opeens wist ik dat ik het hek zou herkennen, de lange rijen populieren, al aan het verkleuren; dat ik me het huis zou herinneren met zijn precieze metselwerk en symmetrische rij glas-in-lood ramen onder een wijkende daklijst, onder randen zonder goot. Ik zou de lange rijen wijnstokken en hun verschietende kleuren al kennen. Zijn herinneringen waren de mijne geworden. Ik zou opkijken naar de rode muren van de begraafplaats op de heuvel, en het verweerde grijze kruis op het familiemausoleum, dat op het hoogste punt van het kerkhof lag, herkennen. Ik zou de plek kennen waar we hem heendroegen om hem voor het laatst en voorgoed te rusten te leggen, bij zijn moeder en de man wiens naam hij droeg, de man die hij grootvader had genoemd, Jean-Baptiste Michel.

Zijn tante was klein, dubbelgebogen door reumatiek, en zeer argwanend. Ze stond tussen de restanten van het familie-erfgoed van de Michels, grote oude dressoirs, kasten, commodes, een goedkope gehavende armstoel met afzichtelijke nylon kussens, pal voor het uitgestrekte, matte scherm van de televisie. Haar gezicht was gesloten en lomp. Ze was in het zwart. Ze staarde langer naar ons op dan iemand ooit voor beleefd zou kunnen houden. Toen schudde ze mij met tegenzin de hand en nodigde ons niet uit te gaan zitten. In plaats daarvan zocht ze naar haar jas, haar sleutels. Elke deur werd zorgvuldig op slot gedraaid alvorens we het huis via het hek aan de achterkant verlieten en het pad door de velden naar de kerk namen. Ik volgde Paul Michel terug in de tijd. Ik keerde op zijn schreden terug.

Het was een heldere, frisse dag met een klare wind. Het kerkje was klein en donker, gevuld met bloemen. We waren er bijna een uur voor de begrafenis, maar de lijkdragers waren er al, gelikt als gangsters, met donkere brillen en zwarte handschoenen. En ook al veel auto's, bijna allemaal met een Parijs kenteken. Ik schudde mensen de hand die ik nooit eerder had gezien. Ze waren allemaal jong. Ik had de kist zelfs nog niet eens bekeken voor we de kerk binnengingen. Hij was van warm donkerbruin walnotehout, net zo bruin als hij zelf, met sierlijke zilveren handvaten. Hij was met bloemen bedolven.

De germaniste kwam in actie. Ze wierp één zorgvuldig taxerende blik op de tante, liep haar toen straal voorbij en richtte zich uitsluitend tot de lijkdragers. Ik zag haar fluisteren tegen de engerd die de leiding had. Hij nam de rozen aan, boog naar het altaar met de bloemen in zijn armen, en herschikte toen rustig alle bloemen op de kist zo dat de rozen op de plaquette boven de borst van Paul Michel konden liggen. Ik had grote moeite me hem in die kist voor te stellen. Het was alsof hij permanent zat opgesloten.

Ze glipte naast me terug in de bank en bracht haar mond naar mijn oor. Rondom haar stroomde de kerk vol. 'Het is in orde. Ik heb het geregeld. Ze gaan de rozen met hem begraven. Ik heb ze tweehonderd franc gegeven.'

Ze was ingenieus, maar schaamteloos.

Van de dienst kan ik me weinig herinneren. Wat de priester zei kon ik niet volgen. Hij sprak over de familie en hoe creatief Paul Michel was geweest en somde zijn talrijke verdiensten voor de Franse cultuur op. Hij sprak over zijn tragisch vroege dood en repte met geen woord over het feit dat hij homoseksueel was of dat hij in een inrichting opgesloten had gezeten. Zijn versie van Paul Michel klonk onwaarschijnlijk en onsamenhangend. Maar ik was te bedroefd om me druk te maken. De woorden van de hymne die hij had gekozen vielen me echter wel op.

Et tous ceux qui demeurent dans l'angoisse
ou déprimés, accablés par leurs fautes,
Le Seigneur les guérit, leur donne vie,
leur envoie son pardon et sa parole.

En daar klampte ik me aan vast omdat het de laatste belofte was die de germaniste hem gedaan had. Ik geef je
mijn woord. Toen het moment van afscheid gekomen
was en alle aanwezigen wijwater over de bloemen op zijn
kist sprenkelden realiseerde ik me dat er meer mensen buiten de kerk stonden te wachten dan er naar binnen konden. Er kwam geen eind aan de stoet die voorbijtrok. Er
waren een paar stellen bij, vrouwen en mannen samen,
maar de meesten waren mannen.

We beklommen de heuvel naar het kerkhof, de hele
processie gedesorganiseerd, kleurrijk, chaotisch. Ik
huilde geluidloos, stromen van tranen, zonder ophouden,
en een reusachtig, vormloos verdriet sloeg zijn armen om
mij heen. De germaniste hield me stevig om mijn middel
vast, maar haar blik bleef gefixeerd op de rozen, die voor
ons uit dansten op de schouders van zes hijgende lijkdragers, die de heuvel moeilijker te nemen vonden dan ze
verwacht hadden. We pasten niet met zijn allen binnen
de muren van het kerkhof. Ik keek achterom. In de zon
van die oktoberochtend strekte zich tot onder aan de
heuvel een lange, grillige rij pelgrims uit, volgelingen
van Paul Michel.

Als je van een welvarende familie komt, word je niet in
aarde begraven. Een grote granieten plaat was van de
grafkelder gelicht. Hij zou voorgoed worden ingemetseld.
Ze zetten de ene kist gewoon boven op de andere. Uiteindelijk rotten ze weg. Ik hield krampachtig haar hand vast.
Helaas liepen we vooraan in de processie en konden we
maar al te goed zien wat er gebeurde. De priester begon
te zingen. Zijn woorden verdwenen in de wind. Af en
toe dreunden alle mensen om mij heen: 'Pour toi, Seigneur...' Het toonloze gefluit van de oude tante drong tot

me door. Maar ze leken allemaal te weten wat ze moesten zingen. Toen ze de touwen lieten zakken schommelde de kist tegen de bemoste betonnen wanden en hoorde ik een geschraap dat me op de zenuwen werkte. De mannen hadden bijna geen ruimte. De graven lagen dicht op elkaar. Ik zag een donkere vorm, sinister, recent, wachtend op de bodem. Daar lagen ze, op elkaar, zijn moeder, zijn grootvader, zijn fluisterende grootmoeder, en Paul Michel.

'Er is geen graf, geen echt graf, geen aarde,' siste ik, wanhopig.

'Het is oké,' zei ze zacht. 'Hij hield van steden. Het is gewoon weer beton. De rozen blijven langer mooi zo.'

Hij had gelijk wat betreft haar intensiteit, haar doelbewustheid en haar volledige onverschrokkenheid. Op dat moment besefte ik waarom hij zich zo aangetrokken had gevoeld tot de jongen op het strand. Ze behoorden tot dezelfde soort, ze bekeken de wereld met koude ogen.

Door een menigte sombere, aandachtige discipelen liepen we terug naar het huis. Een groep rokers stond in elkaar gedoken onder het muurtje van het kerkhof. Jacques Martel had de tante aan zijn arm en de priester marcheerde voor ons uit. De lijkdragers stonden, als soldaten van Caesar, op wacht rond de tombe. De mensenmassa deinsde voor ons uiteen. Ik zag niets dan een vlekkerige massa gezichten. We werden als familie behandeld. De tante trok Jacques' gezicht naar zich toe.

'Wie zijn al die mensen?' wilde ze weten.

Maar het was de germaniste die antwoord gaf. Zij dook op aan de andere zijde van madame Michel.

'Dat zijn zijn lezers,' zei ze.

Madame Michel loerde met onverholen wantrouwen naar de massa. Haar zondige neef had goudgeld en slechte publiciteit verdiend. Ze liet zich beetnemen noch overtuigen.

De volgende dag vlogen we van Toulouse terug naar Lon-

den. Ik had één volle week van het nieuwe studiejaar ge-
mist. De germaniste had gewoon gezegd dat ik ziek was
dus iedereen voelde mee met mijn ontreddering, die werd
toegeschreven aan een griepvirus en voedselvergiftiging.

In de weken die volgden vertelde ik de germaniste het
hele verhaal. Ik moest het kwijt. Maar er was één passage
die ik verzweeg: de ontmoeting van Paul Michel met de
jongen op het strand. Dat heb ik haar nooit verteld omdat
het haar geheim was, het geheime pact dat zij met hem
had. Maar ik las en herlas haar brief aan Paul Michel. Ik
begreep de code nu. De brief had zowel door haar als door
mij geschreven kunnen worden. Ze had haar woord gehouden. Het was nu aan mij om het mijne te houden.

Ik schreef mijn dissertatie goeddeels langs de lijnen die ik
oorspronkelijk had uitgestippeld. Ik deed er geen biogra-
fische sectie bij. Ik heb mijn promotor zelfs nooit verteld
dat ik Paul Michel gekend heb. Ik liet ook niets doorsche-
meren in mijn dankbetuiging. Die zomer was als een
stoeptegel die uit mijn leven was gelicht, een leeg vierkant.
Ik vertelde het natuurlijk aan mijn ouders. Die waren
enigszins geschokt dat ik zo nauw betrokken was geraakt
bij iemand die klaarblijkelijk labiel was en die ze nooit
ontmoet hadden. Opnieuw vroegen ze mij of ze de germaniste konden ontmoeten. Ik smeekte haar met me
mee naar huis te komen. Ze weigerde, en gaf me, met on-
nodige agressie, te kennen dat ik haar dat nooit meer
moest vragen.

In de jaren die volgden kreeg ik een onderzoeksbeurs
aan mijn oude college en won ik de Foucault-reisbeurs.
Ik besteedde het geld aan een reis door Amerika. Uiteindelijk kreeg ik een baan aan de Franse faculteit van een van
de Londense seminaries. En ik gaf altijd colleges over Paul
Michel. De germaniste ging bij het Goethe-Schiller Archiv
in Weimar werken. We schreven elkaar ongeveer een jaar.
Toen verwaterde het contact. Soms lees ik titels van artikelen die zij heeft gepubliceerd in het jaaroverzicht van

Duitse Studies. Iemand vertelde me een keer dat ze een biografie van Schiller aan het schrijven was, en dat ze werkte aan een nieuwe editie van de *Briefwechsel* tussen Goethe en Schiller. Die zal ik ongetwijfeld kopen wanneer ze in de catalogus verschijnen.

Ik probeer niet aan hem te denken. Ik werk gewoon aan de teksten. Maar er is een boze droom die mij geen rust laat, die steeds weer terugkomt. De details van mijn droom hebben een hallucinatoire intensiteit, die ik niet van me af kan schudden. Het is winter en de maïs is geoogst. Het enige wat op de velden rest, zijn de ruwe strepen van gele, breekbare stengels, dik en lastig om over te lopen. Ik strompel over een groot, desolaat veld waar het restant van de oogst in brand staat. Het is bitter koud. Het stoppelveld brandt onregelmatig, sommige stukken zijn niet meer dan rokende zwarte as, andere zijn onaangetast door het vuur, stijf van de vorst, maar elders jaagt de wind de vlammen door de rijen, door de knetterende droge gelederen van vertrapt, afgedankt koren. Ver weg aan de rand van het veld zie ik een lange rij kale populieren en de lucht erachter, een bleek, lichtgevend, kil roomgeel. Dan, door de rook en de verspreide vuren heen, zie ik Paul Michel staan en naar mij kijken. Hij verroert zich niet. Het is bitter koud. Hij draagt geen jas of handschoenen, het bovenste knoopje van zijn overhemd is los. Hij staat tussen de vuren naar mij te kijken. Hij beweegt noch spreekt. Het is bitter koud. Ik heb hem 's winters nooit meegemaakt. Ik heb hem één seizoen gekend. Ik strompel verder zijn kant op en kom geen stap naderbij. Dan zie ik dat er nog iemand anders in het veld staat. De gedaante van een man, een heel eind weg, achter Paul Michel, schemert door de rook van de stoppelbranden heen. Ik kan hem niet onderscheiden. Ik weet niet wie het is. Het tafereel verstart voor mijn ogen als een schilderij dat ik nooit kan binnengaan, een tafereel waarvan de betekenis onbereikbaar en duister blijft.

Ik word altijd huiverend wakker, ellendig, alleen.

<table>
<tr><td>

PAUL MICHEL

Geb. Toulouse
15 juni 1947

Opleiding Collège St Bénédict

1966-70 Ecole des Beaux-Arts.
Studeerde schilderen en
beeldhouwen

1968 *La Fuite* roman vert.
Gr.-Br./V.S. *Escape* 1970

1974 *Ne demande pas*: roman
vert. Gr.-Br./V.S. *Don't Ask*

1976 *La Maison d'Eté*: roman
Prix Goncourt. vert. Gr.-Br.
The Summer House

1980 *Midi:* roman

1983 *L'Evadé*: roman vert. V.S.
The Prisoner escapes

Gediagnosticeerd als
schizofreen:
opname Hôpital Ste-Anne,
Parijs, juli 1984

Omgekomen bij een auto-
ongeluk, Nice, 30 september
1993
Begraven te Gaillac

</td><td>

MICHEL FOUCAULT

Geb. Poitiers
15 oktober 1926

Opleiding Collège St Stanislaus

1946 Ecole Normale Supérieure

1948 Eerste zelfmoordpoging

1961 *Folie et déraison. Histoire
de la folie à l'âge classique.*
(*Geschiedenis van de waanzin
in de zeventiende en achttiende
eeuw*)

1966 *Les mots et les choses.
Une archéologie des sciences
humaines.* (*De woorden en de
dingen. Een archeologie van de
menswetenschappen*)

1969 *L'archéologie du savoir.*
(*Archeologie van de kennis*)
1975 *Surveiller et punir.*
(*Discipline, toezicht en straf*)

1976 *Histoire de la sexualité –
La volonté de savoir.*
(*Geschiedenis van de
seksualiteit – De wil tot weten*)

Postume publicaties
1984 *L'usage des plaisirs* (*Het
gebruik van de lust*) en *Le souci
du soi* (*De zorg voor zichzelf*),
deel 2 en 3 van *Geschiedenis van
de seksualiteit.*

Overleden aan aids, Parijs,
26 juni 1984

Begraven te Poitiers

</td></tr>
</table>